행복한 오늘을 살아갈

_____ 에게

Thank you

_____ 로부터

오늘부터 행복했으면 좋겠어

친구들을 소개합니다

요요

이루고 싶은 꿈이 많은
주인공 펭귄입니다.
미래에 대해 불안한 마음이 들어서
힘들어할 때도 있어요.
고마운 친구들에게
좋은 펭귄이 되고 싶어요.

늘보

영화를 좋아하는 나무늘보.
빵을 좋아하지만
하루에 만보는 꼭 걸어요.

다람이

여행을 좋아하는 다람쥐입니다.
언제나 멋있는 사진을 찍습니다.

쿠쿠

맛있는 디저트를 좋아하는
돼지입니다.
요요의 단짝 친구로
항상 곁에 붙어있어요.

웅이

별로 말이 없지만 언제나
큰 존재감을 주는 흰 곰입니다.
옆에 있으면 든든해요.

토끼

항상 예쁜 카페를 찾아다니며
긍정 에너지를 뿜는 토끼입니다.

요요 할머니

요리를 엄청 잘하는 할머니입니다.
요요보다 피부가 어두워요.

양이

요요보다 어리지만 가끔 어른스러운
고양이입니다. 어른이 되면
하고 싶은 꿈을 찾고 있습니다.

사슴

요요의 엄마. 일을 마치고 집에 오면
매일 맥주 한 캔과 안주를
요요에게 주문합니다.

판다

요요의 중국 친구 판다입니다.
좋아하는 이에게는
만두를 사줍니다.

곰이

요요의 아빠 반달가슴 곰입니다.
언제나 부지런하게 운동을 합니다.

요요 할아버지

친환경 채소를 기르는
할아버지 고양이.
요요와 친구들을 보면 항상
상추를 가져가라고 합니다.

Contents

첫 번째 이야기: **어느 날 집에서**

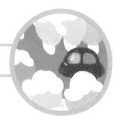

세 번째 이야기: **그곳이 좋아**

네 번째 이야기: **누구나 인생은**

오늘도 수고했어 · 언젠가, 크리스마스 · 좋아해서 만나러 왔
어요 · 늘 그렇듯이 이겨 낼 거예요 · 자연스러운 만남을 추
구해 봐 · 하루를 완벽하게 끝내는 법 · 서로서로 배려배려 ·
최고의 가성비 여행 · 도넛 모양 운전대 · 단풍 여행을 떠나
요 · 펭귄은 밥심이야 · 하루의 시작을 확실히 · 안녕 사탕 주
세요 · 나만 생각하고 행복하자 · 그 애 소원을 들어주세요 ·
설렘행 열차 · 현지인 입맛 · 케이크 한 조각 · 소년의 마음이
된다 · 오늘부터 행복했으면 좋겠어

첫 번째 이야기

어느 날 집에서

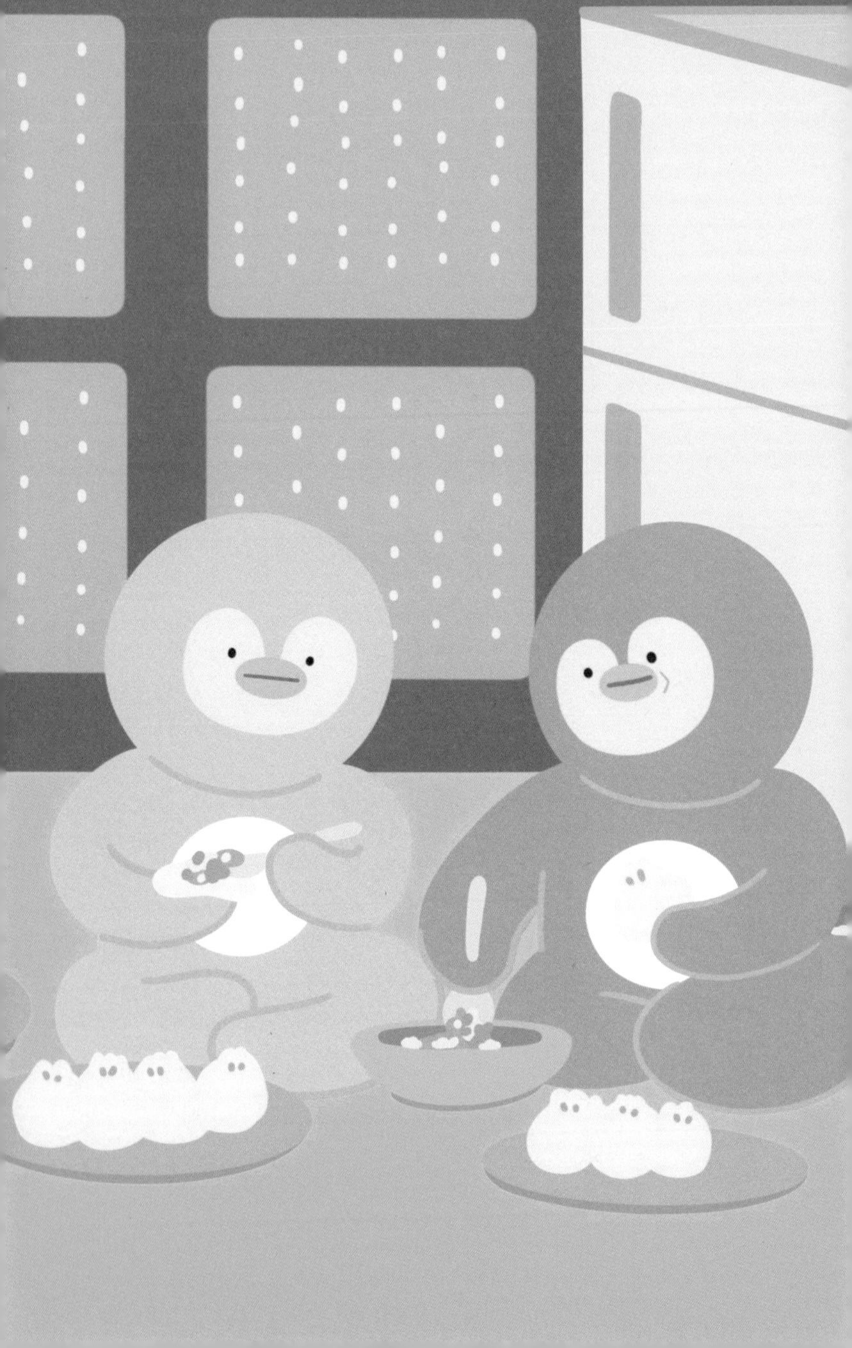

그리운 순간

"이 많은 속을 언제 만두로 만들어요?"
"다 요요랑 동생들 먹일 건데, 특별히 요요는 두 개 더 먹어. 할머니
가 더 줄게."

가족들이 모두 모이는 날엔 할머니 댁에서 맛있는 만두를 빚었습니
다. 할머니를 만나러 간지 오래 되면 가끔 그날의 분위기가 그리웠
습니다.

할머니가 서 있던 주방이며, 할머니가 직접 재료를 썰어 볶고 양념
한 반찬들이 가득 든 냉장고. 윙윙 소리가 날 때면 '쿵' 하고 세게
닫아야 했던 냉장고. 그리고 그 냉장고 앞에 앉아 만두를 만드는
할머니.

고운 눈썹과 주름을 지나 반짝반짝 빛나는 할머니 눈동자. 통통해
진 손가락과 예쁘게 접힌 만두를 떠올리면, 요요는 할머니 꿈을 꿨
습니다.

보고 싶은 사람이 매일매일 꿈에 나온다면 얼마나 좋을까요?

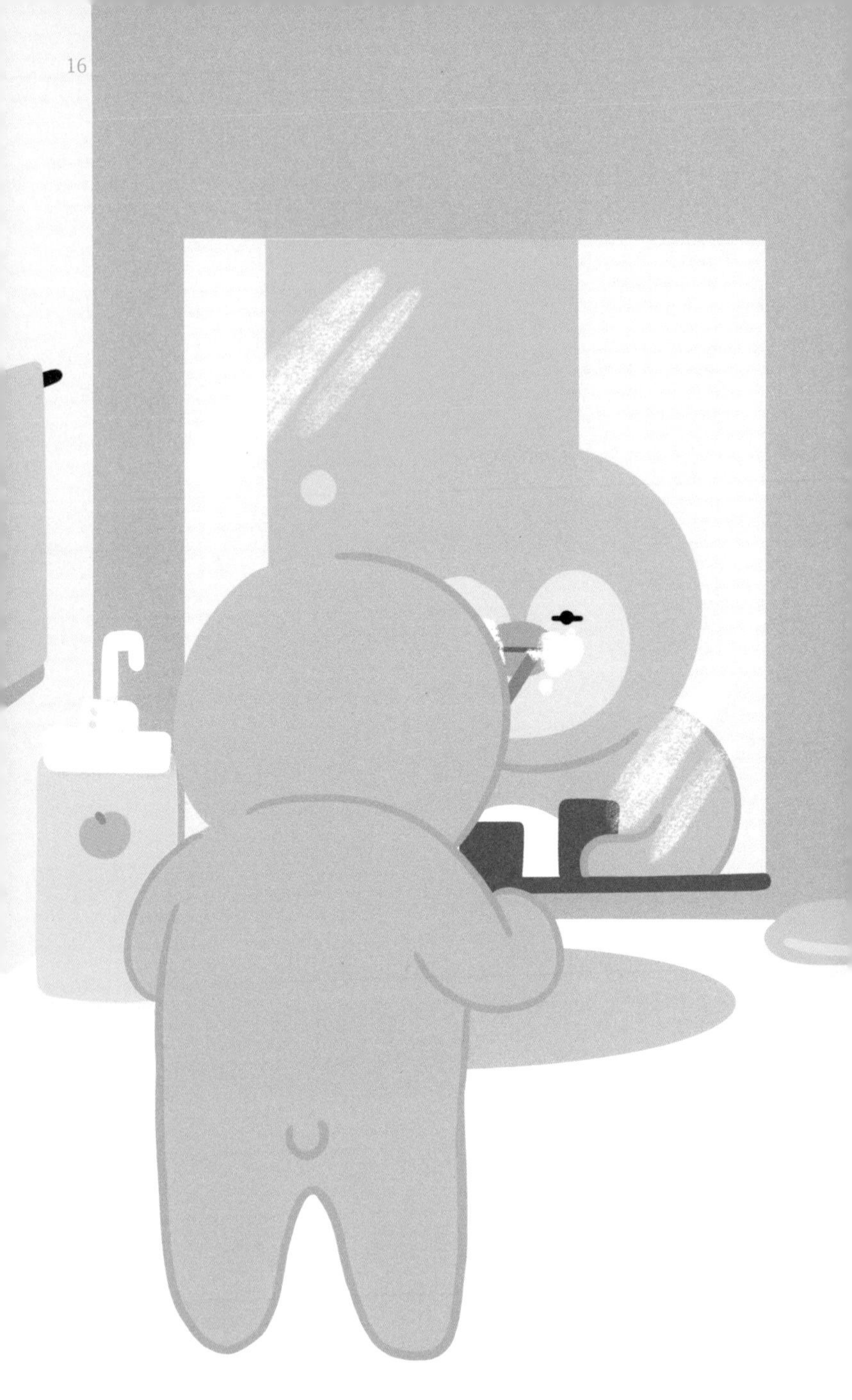

좋은 아침

"오랜만에 기분 좋은 꿈을 꿨네."

아침마다 퉁퉁 부은 얼굴로 양치질을 합니다.
어젯밤에 꾼 재밌는 꿈을 떠올려 보지만
입을 헹구는 만큼 꿈이 깨끗하게 씻겨서
기억이 잘 나지 않아요.

대신 상쾌한 기분으로 준비를 마치고 집을 나서면
또 새로운 하루를 시작할 수 있습니다.

집을 꾸며 보자

쉬는 날이면 가구를 이리저리 옮겨봅니다.
그대로 있어도 괜찮지만,
그 자리 옆으로 얕은 먼지가 쌓인 것을 닦고
자리를 새롭게 옮겨주면
쇼파도 화분도 여행하는 기분이 들지 않을까요?

장보기

간단하게 건강을 챙길 수 있는 방법을 생각해 보아요.
바쁜 일상 속에도 집에 돌아오는 길에는
꼭 마트에 들러서 다음날 아침, 우유와 갈아 먹을
과일을 고르는 건 어떨까요?

좋아하는 디저트는 끊을 수 없지만
디저트를 더 건강하게 먹을 수 있도록
영양만점 우유를 만들 수 있어요.

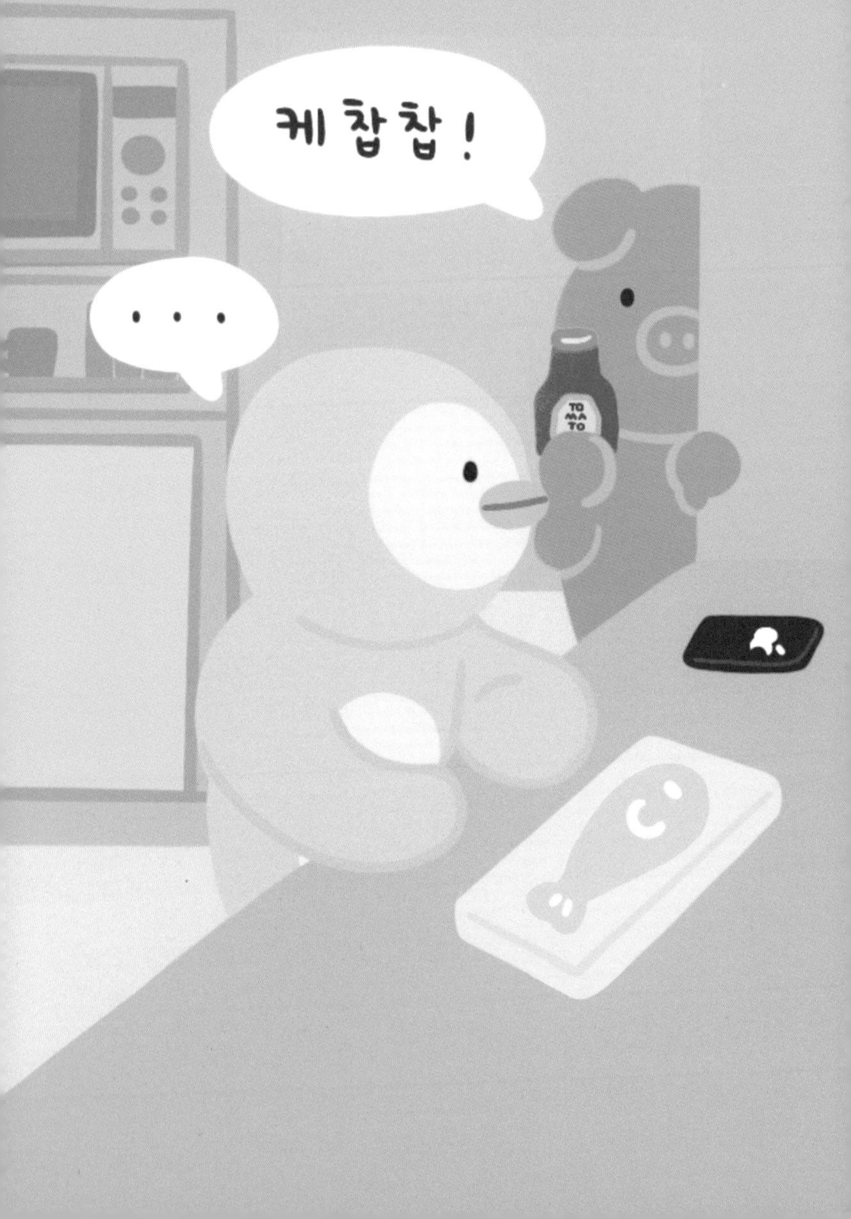
케찹찹!
...
TO MA TO

소원을 이뤄주는 주문

" 뭔가 일이 착착 풀리는 것 같아."

요요는 떨고 있는 마음에게 소곤소곤 속삭였어요.

마음이 불안할 때는 내가 들을 수 있도록 나에게 조용한 목소리로 안정을 주는 게 좋아요. 다른 사람의 위로도 좋지만 내가 나에게 해주는 따뜻한 말이 진짜 용기를 만들어줄 수 있습니다.

쿠쿠도 지친 친구를 위로해주는 방법을 잘 모르지만, 웃음이 나올 수 있게 말을 걸어주었어요.

"요요 그럴 때는 케찹찹!이라고 외쳐.
소원을 이뤄주는 마법의 주문이야."

좋아하는 일에 대하여

좋아하는 것을 하면 마음이 행복해.
나는 단지 이 행복을 나누고 싶은데,
나누면 나눌수록 내가 정말 좋아하는 게
맞는 걸까 싶을 정도로 외로워져.

그러니까 너무 마음 주고 그러지 마.
괜히 너만 상처받아.

역시 그런 거지.

원래 마음껏 좋아하면 점점 멀어지는 법이야.

그렇구나. 왠지 슬프네.

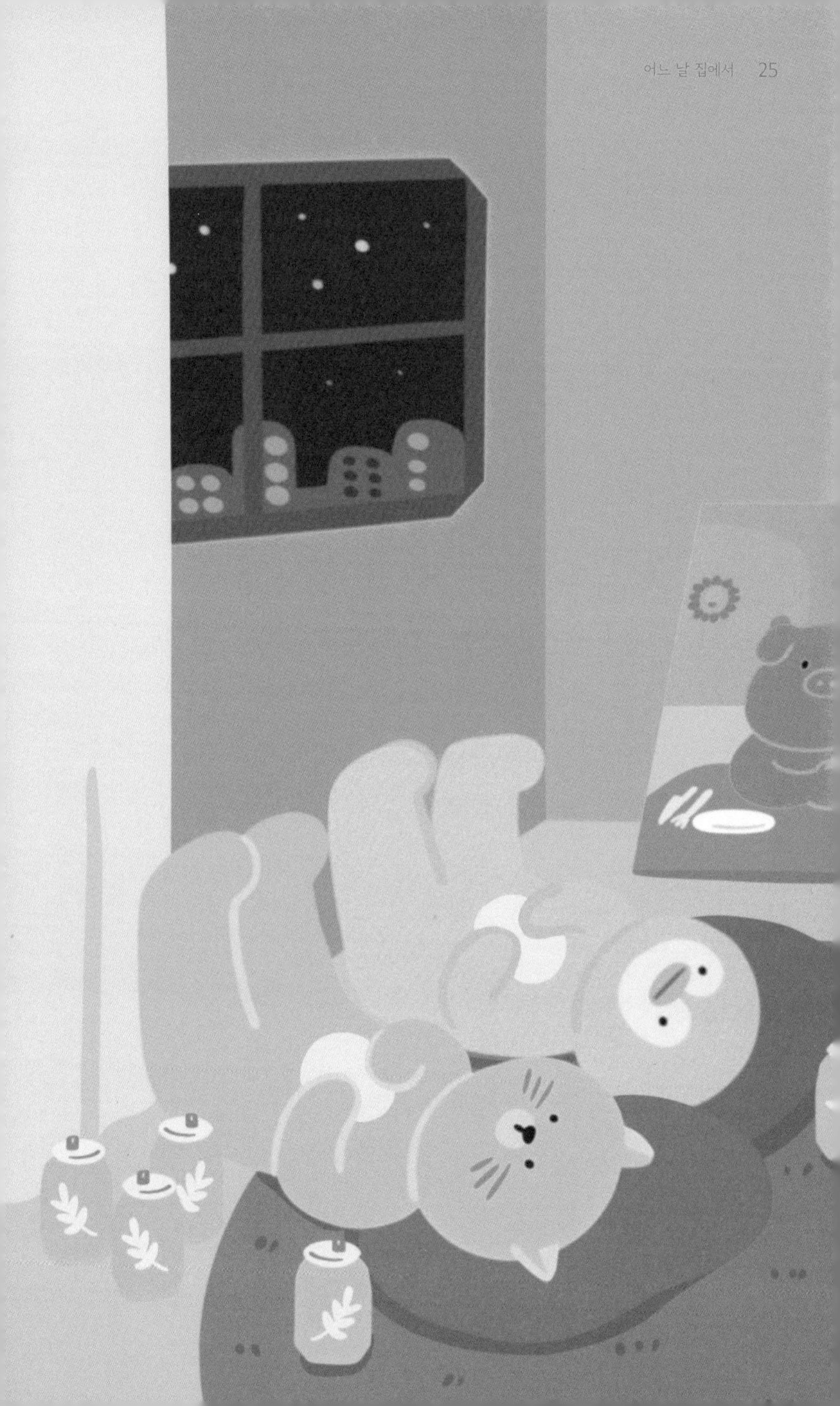

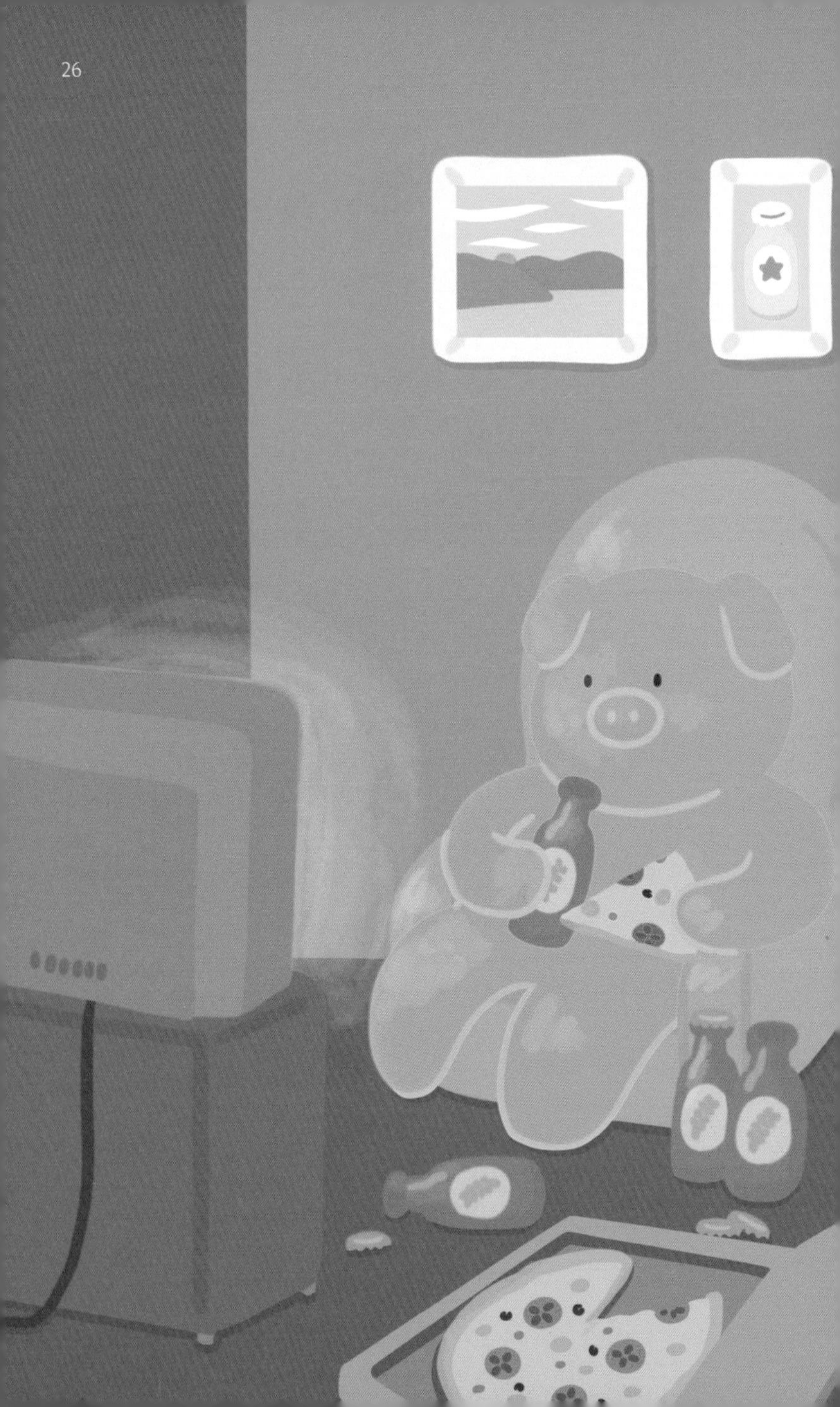

주말, 피자와 맥주

기다리던 주말인데 뭐라도 할까, 하다가 말았습니다.
오랜만에 휴식 시간을 가지면서 나를 돌아보고 싶었어요.

맥주를 마시면서 티비를 켰습니다.
이런저런 생각을 하다 보니 피자가 과자처럼 딱딱해졌어요.

쿠쿠는 다 식은 피자를 손에 쥐고 가만히,
가만히 오늘 포기했던 것들을 세어보았습니다.
맥주가 미지근해질 때까지 한참을 생각하며 앉아있다가
깜빡 잠에 들었어요.

특별한 일 없는 주말이었지만 내 마음대로 잠들 수 있는
편안한 시간이 제일 필요했을지도 모릅니다.

상처가 있어요

외출 준비를 하다가 거울에 비친 상처를
발견했어요. 상처가 생긴지 오래돼서 흉
터가 되었어요.

요요는 상처를 보고 슬퍼져서 손을 올려
놓고 토닥토닥 쓰다듬어 주었어요.

한때는 상처였지만, 혼자서라도 꿋꿋이
아물어 주었기 때문에 무엇이든 이겨낼
수 있다는 자신감을 주었습니다.

팔레트 버리기

오랜만에 책상을 정리하다가 어릴 때 쓰던 팔레트를 찾았어요. 물
감이 굳어서 딱딱해진 팔레트를 열어보니 마음도 오래된 물감 같다
고 생각했어요. 다시 어릴 때부터 좋아하던 그림을 시작하고 싶지
만, 해야 하는 일이 많아서 예전처럼 편하게 팔레트를 마주볼 수 없
었습니다.

책장에 빼곡하게 적힌 할 일 목록을 보면서 팔레트를 버릴 수밖에
없었어요.
좋아하는 일을 포기하고, 어쩔 수 없이 해야 하는 일에 둘러싸여 있
지 않나요? 꿈을 아예 잊어버리고 있지는 않은지 주위를 둘러봐요.

간질간질 엄마 생각

설거지를 하면서부터

묵묵하게 집안일을 하시던

엄마 생각이 납니다.

어느덧 작아진 엄마가 서 있던 주방에 서면,

가족들이 쓰는 그릇들을 소중하게 닦아주시던

엄마의 손길을 느낄 수 있어요.

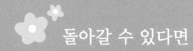

돌아갈 수 있다면

"엄마 혹시 지금 바빠?"

"아니 괜찮은데, 왜?"

"엄마 잠깐 앉아봐."

엄마가 앉으면 어린 쿠쿠는

엄마 무릎에 잽싸게 누워 눈을 감았어요.

"쿠쿠 시원해?"

"응 쿠쿠는 엄마 무릎에 눕는 게 제일 좋아"

네가 좋아하는 걸
하면 되는 거야
너무 걱정하지 마

차 마시는 시간에는
같이 있어주세요

따뜻한 차를 마시며 휴식을 가지는 시간에도,
이루고 싶은 일들 때문에 마음이 불안할 때가 있어요.
그날 마신 차가 어떤 향이었는지도
마음껏 누리지 못하고 똑같은 고민을 반복하면서
생각 속에 갇힌 기분이 들기도 합니다.

만약 어떤 일을 하더라도 성공을 예측할 수 없다면,
우리는 적어도 우리가 웃으면서 할 수 있는 일을
선택할 수 있어요. 좋아하는 일을 한다면,
원하는 만큼의 결과가 나오지 않더라도
시간을 버린 게 아니니까요.
오히려 하기로 한 순간부터
열렬히 좋아하는 일을 하고 마음껏 기뻐하세요.

그리고 우리 차 한 잔을 마시며
쉬어가는 시간도 잊지 말아요.

잠이 안 와

잠이 오지 않는 밤이 있습니다.
이미 자야하는 시간은 훌쩍 지났는데
머릿속에 떠도는 생각이 많아서
하나씩 답을 구하려고 할수록
잠이 달아나 버려요.

잠들기 전에, 전원을 끄면
고민이 사라지는 전등이 있으면 좋겠어요.

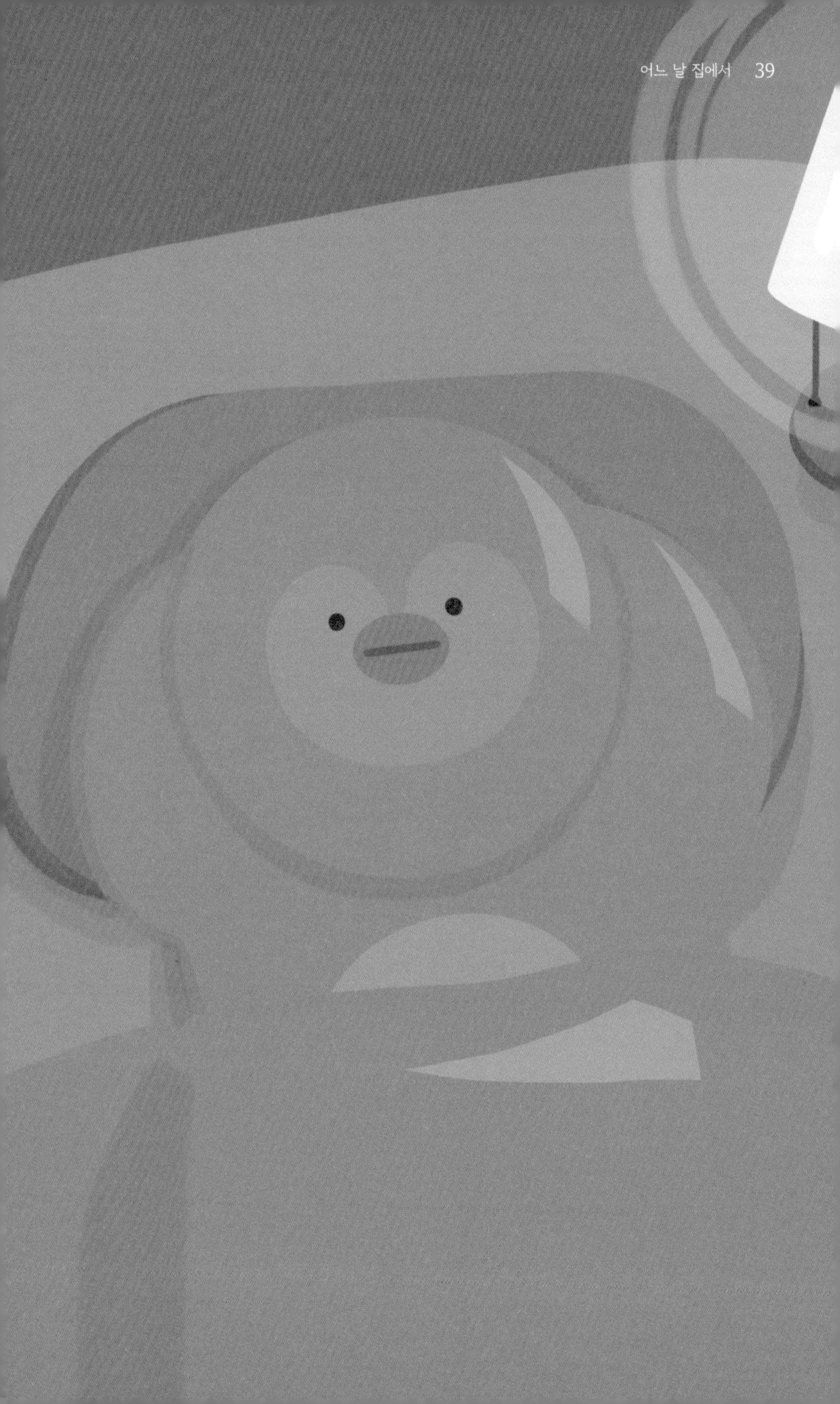

좋아하는 일을 하면서도

쿠쿠는 건너 마을에서 작은 빵집을 하고 있습니다.
처음에는 친구들이 좋아하는 빵을 만들다가,
점점 인기있는 빵을 따라서 메뉴를 만들게 되었습니다.

멀리서 보면 쿠쿠는 행복해야 하는데, 이상하게 자신이 없어졌습니다.
매일 밤 영상에서 멋진 빵집과 유명한 제빵사를 볼 때마다
자신은 언제 그렇게 될 수 있을까, 멀게만 느껴졌어요.

좋아하는 일을 하다가 문득 내가 잘하고 있는 건가
두려운 생각이 들 때가 있어요.
행복하려고 시작한 일인데, 더 잘하려고 노력할수록
더 괴로운 마음이 들기도 합니다.
그럴 때는 남과 비교하는 것을 내려두고 편하게 쉬어요.
충분히 잘하고 있어요.

월요일 아침

아침에 눈을 뜨자마자 요요는 시계를 멀리 던지고
이불 속으로 쏙 들어갔어요.
오늘은 늦잠을 자지 않으면 감기에 걸릴 것 같았거든요.

몸과 마음이 지친 날에는
하루 쉬어가는 게 어떨까요?

우리 잘 지내고 있는 거죠

모처럼 날씨가 좋은 날에는 미뤄두었던 빨래를 해요.
아침부터 부지런히 빨래를 하고
큰 담요는 햇빛 좋은 마당에 널었습니다.

그때 오랜만에 친구에게 전화가 왔어요.
반가운 목소리를 들으니 웃음이 나왔어요.

"여보세요, 요요. 잘 지내지?"
"응! 오랜만이다. 나 요즘 너무 좋아. 넌 잘 지내?"

여유로운 시간이 오면 보고 싶던 친구에게
연락을 하면 좋겠어요. 묵혀둔 빨래를
바람에 말리는 것처럼 답답했던 마음도
친구와 이야기를 나누며 금방 가벼워질 거예요.

가득 찬 냉장고

식은 피자랑 맥주만 있는 냉장고가 허전하게 느껴졌습니다. 요요는 마트에서 저녁으로 먹을 녹차 케이크와 푸딩, 복숭아를 사 와서 가득 넣었어요.

좁은 냉장고에 차곡차곡 좋아하는 음식을 포개어 넣고 그 앞에서 한참을 들여다 봤습니다. 마음은 허한데 물건은 사면 채울 수 있으니까요.

외로운 마음을 참고 맛있는 음식을 먹으며 기분을 내려고 합니다. 하지만 음식을 먹으면 먹을수록 냉장고는 조금씩 비워질 겁니다. 그럼 우리는 다시 음식을 사 와서 빽빽하게 채우고…… 비우고, 다시 채우는 일을 반복할 것입니다.

생각이 꼬리를 물어 길어지자 냉장고가 윙윙-문을 닫으라고 소리를 냈습니다. 가끔은 외로운 마음을 억지로 채우려고 하지 않아도 괜찮아요.

MIL

아직 안 버렸네
......

그림 참 좋아했었는데
한 번만 더 그려볼까?

다시 시작해도 될까

일상이 바쁘다는 핑계로 좋아하던 일이 잊혀지기를 기다리고 있지 않나요? 나는 오래전에 버렸다고 생각했지만 아직도 마음에 남아있어요.

정말 나를 기쁘게 했던 일은 쉽게 사라지지 않아요. 처음 그 일을 했을 때의 기쁨, 더 잘하고 싶어서 노력했던 기억이 나를 흔들리지 않게 해주었는데 어떻게 한번에 버릴 수 있을까요. 한 번 무너졌다면, 다시 쌓으면 돼요. 또 무너질까봐 시작도 하지 않는 건 너무 아쉽잖아요.

잠들기가 무서워

가끔은 지나간 것들에 대해서 생각하게 됩니다.
잘했던 일보다 잘 해내지 못했던 일이 떠올라
괴로운 마음이 들 수도 있어요.

요요, 나쁜 생각하는 거 아니지?
안 해요 잘 준비하고 있어요

어두운 마음에 가라앉지 마세요.
우리가 밝게 빛나던 시간도 많았어요.
힘들었던 만큼 우리가 즐거운 시간은 반짝반짝 빛날 거예요.

......
이제 환하다!

선물을 기다려요

선물 같은 날은 어떤 하루일까요?
따뜻한 코코아를 손에 쥐고
창 밖으로 펑펑 내리는 눈을 바라보는
오늘 같은 날이 아닐까요.

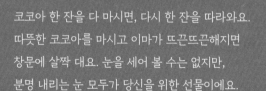

코코아 한 잔을 다 마시면, 다시 한 잔을 따라와요.
따뜻한 코코아를 마시고 이마가 뜨끈뜨끈해지면
창문에 살짝 대요. 눈을 세어 볼 수는 없지만,
분명 내리는 눈 모두가 당신을 위한 선물이에요.

도넛 같이 먹자

띵동, 벨이 울리고 쿠쿠가 요요 집으로 찾아왔습니다.

"요요, 도넛 같이 먹자."

당신과 행복해지려고 하얀 눈길을 뽀득뽀득 밟아 걸어왔어요.

두 번째 이야기

길에서 문득

우리 이제

"우리 이제 편하게 지내요. 이제 그만 상처받고 싶어요."
"다 좋아요."

일상에 지치면 꼭 맛집을 들러 나에게 선물을 줍니다.
하루의 끝을 맛있는 음식으로 마무리하면
금세 기분이 좋아지거든요.

쿠쿠도 오랜만에 요요와 레스토랑에 와서 신이 났어요.
요요도 메뉴를 고르며 오늘 힘들었던 일들은
하나둘 지워버렸어요. 머릿속에 무거운 고민은 사라지고
재료 각각의 맛있는 향을 살린 요리들을 차려놓습니다.

힘든 선택을 앞에 두고 있다면
한 번쯤은 먹고 싶은 메뉴를 고르는 것처럼 편하게 생각해요.
편하게 좋아하는 것들을 곁에 두고,
좋아한다고 말을 하며 살면 좋겠습니다.

팝콘나무 숲

쿠쿠의 빵집으로 가려면 팝콘나무 숲을 지나야 합니다. 언젠가부터 팝콘나무 숲의 굽어진 길이 불편하다는 다른 동물들의 불만으로 멀지 않은 곳에 고속도로가 생겼어요.

하지만 요요와 쿠쿠는 고소한 팝콘 냄새를 맡기 위해서 시간이 오래 걸리더라도 매번 이 길로 운전을 했습니다.

가끔은 일부러 멀리 돌아가는 길로
가보는 건 어떨까요?

조금은 속도를 줄이고
길을 따라 높게 솟은 나무의 끝을
올려다 봐도 좋습니다.
느림이 주는 매력을 천천히 알 수 있을 거예요.

쿠쿠의 빵집

내가 하지 못하는 부분을 도와주는 사람이 있다면 얼마나 좋을까요. 쿠쿠에게는 요요가 그랬습니다. 운전을 하지 못하는 쿠쿠를 위해 요요의 빨간 차는 부지런히 달렸습니다. 또 반대로 빵을 좋아하는 요요에게 쿠쿠는 매일 맛있는 빵과 케이크를 나눠주었어요.

서로 조금 더 잘하는 일을 상대를 위해 해주면서 부족한 부분을 채워주는 게 처음에는 어려울 수도 있습니다. 나와 친구가 서로 가진 장점과 필요한 부분의 모양이 달라서 구멍을 메우면서도 다투거나 포기하고 싶을 때도 있을 거예요.

그럴 때는 모양에 집착하지 말고 마음을 다시 봐주세요. 부족한 점이 많은 우리가 서로 도우면서 잘 이겨내려고 아껴주는 마음을 다시 떠올려 주세요.

쿠쿠가 케이크를 만드는 것도 같은 원리입니다. 멋있는 케이크를 만들고 싶다는 욕심이 아니라 맛있는 케이크를 먹고 기뻐하는 요요와 친구들을 생각하며 매일 새로운 반죽을 하기 때문에 웃을 수 있었어요.

마음의 모양

손님들이 밝은 표정으로
하나둘 좋아하는 케이크를 사갑니다.
아침마다 정성스레 만든 케이크 모양의
따뜻한 마음은 누구나 좋아한답니다.

가끔 일상에서 흔히 보이는 물건을
누군가의 작은 마음이라고 생각해주세요.
당신을 좋아하는 마음이 이렇게나 많이 있습니다.

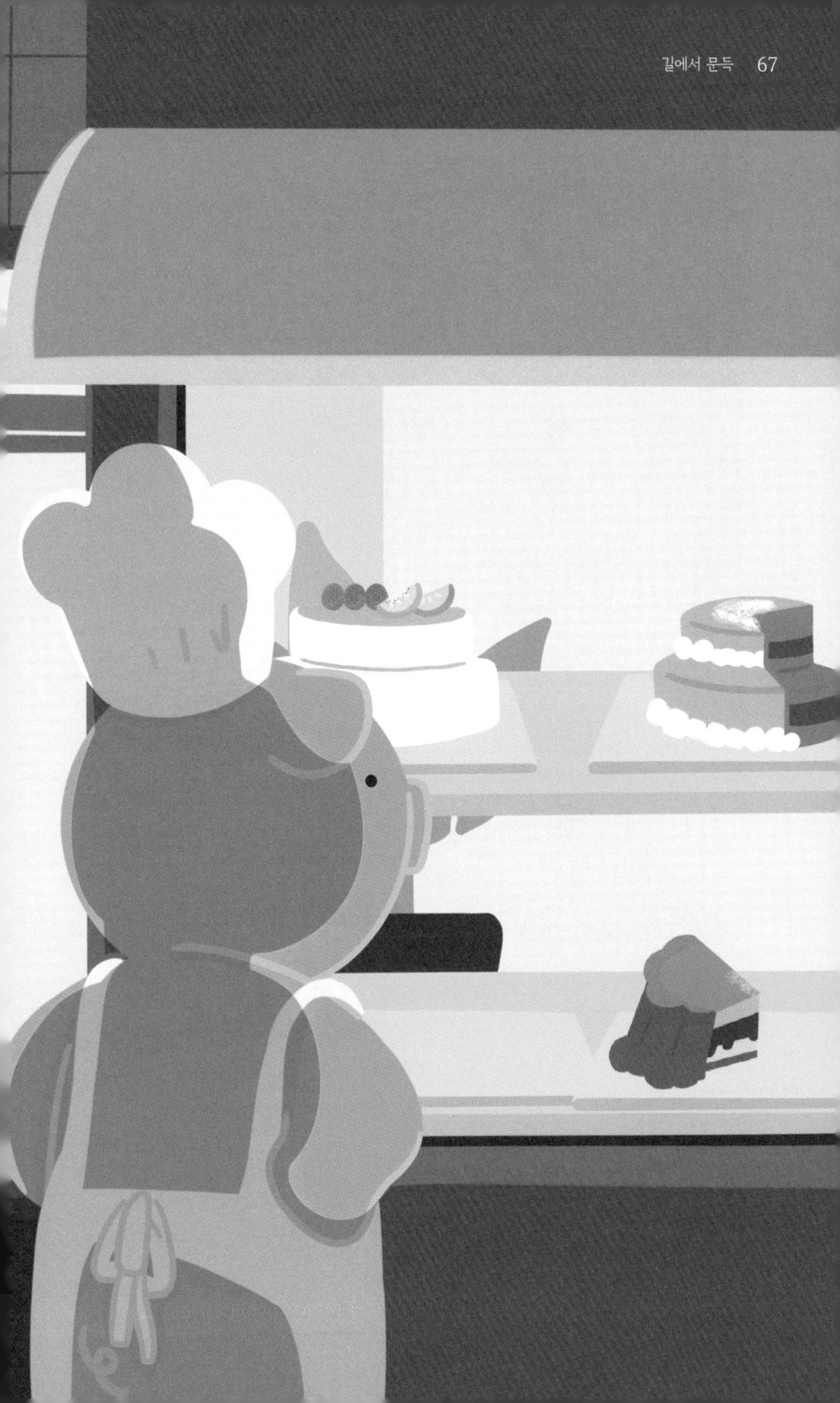

응이 말한 게 이거야?
응, 그거 맛있어. 아무도 안 먹어줬지만.

진짜 맛있다.
내 말 들어줘서 고마워 요요.

편의점에서

내가 마음의 여유가 생긴다면, 가장 먼저 부르고 싶은 친구가 있지 않나요? 지금은 나도 힘들고 외로운 마음을 이기지 못하고 혼자 있지만 어쩐지 외로워 보이던 친구가 있었습니다.

요요는 오랜만에 하얀 곰 웅이를 만나 안부를 물었습니다. 한 번만 용기를 내면 웅이가 좋아하는 메뉴가 무엇인지, 어떤 노래를 듣는지 물어보고 함께 웃을 수 있을 텐데 그동안 그러지 못했던 게 마음에 걸렸어요.
사실 웅이에게 요요가 얼마 만에 연락을 했는지는 중요하지 않았어요. 잊지 않고 관심을 가져주고 다시 만나게 되기까지 먼저 다가와 준 요요가 고마웠어요.

너무 지쳐있을 땐, 남들의 위로조차 버겁게 느껴질 수 있습니다. 그저 작은 관심이면 충분해요. 길을 걷다가, 밥을 먹다가 친구가 생각이 나면, 생각이 났다고 말을 걸어주세요. 그거면 우리 다시 만날 수 있어요.

다음 버스를 타도 괜찮아

안돼! 또 버스를 놓쳤어
매번 이런 식이야

괜찮아 요요
금방 새로운 버스가 오는걸

맛집은 대기표가 필요해

오랜만에 만난 친구와 맛집의 긴 대기줄 끝에 섭니다.
분위기 좋은 맛집은 항상 사람들에게 즐거움을 주기에
기다리는 사람들도 모두 기대하는 표정이에요.

힘들게 달려온 평일을 지나, 시간이 빠르게만 가는 것 같은
주말에는 한 번의 식사 시간마저 소중해요.
행복한 추억을 남기기 위해서 사람들은 줄이 길어도
불평 한마디 없었습니다.

오히려 긴 줄을 핑계 삼아 그동안 자세히 보지 못했던
좋아하는 사람의 얼굴과 하늘, 길거리 풍경을
자세히 볼 수 있어서 좋았어요.

이번 주말에는 맛집에 들러,
기다림이 주는 선물을 느껴보는 건 어떨까요?

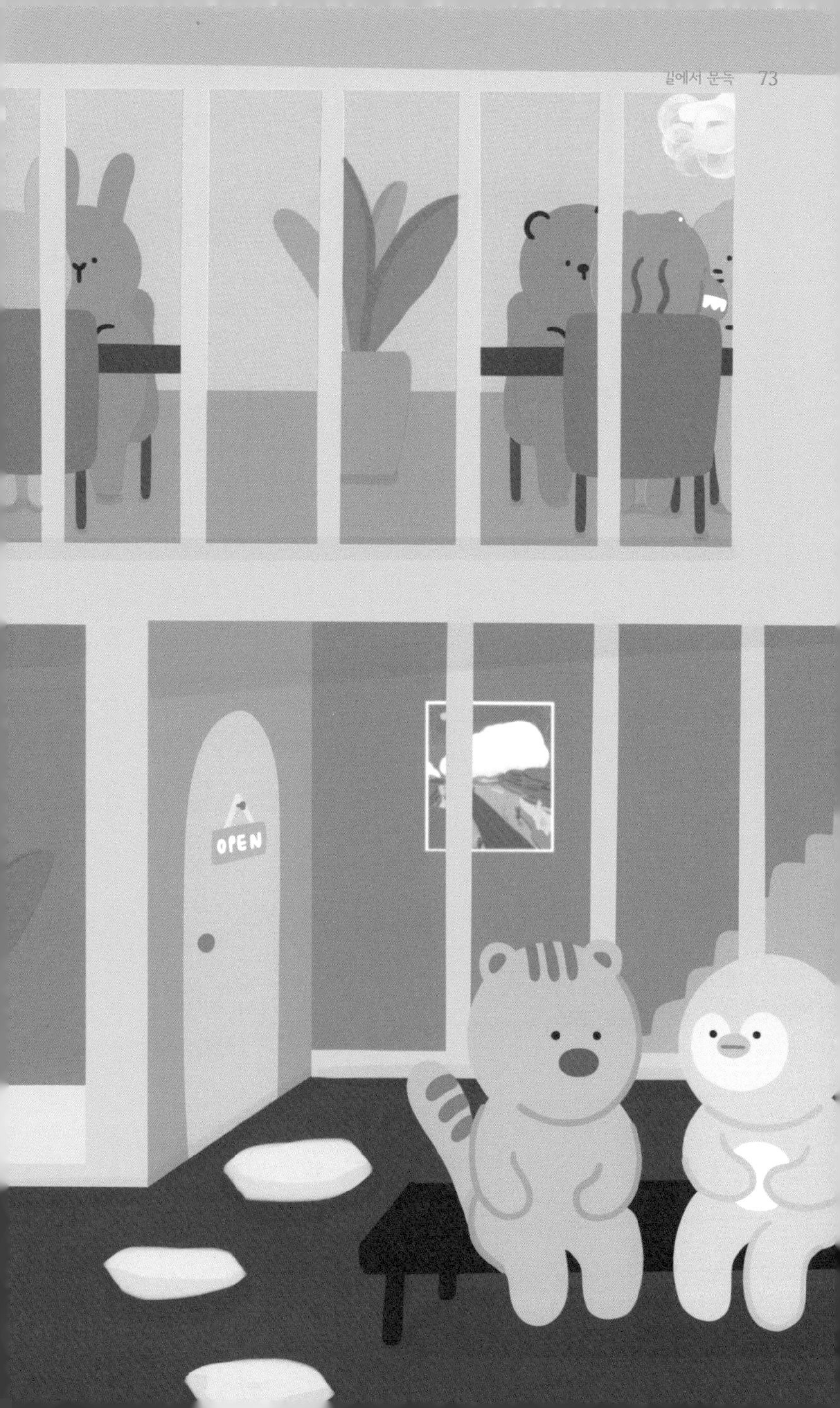
OPEN

비 오는 날,
항상 만나던 곳으로 와

비가 오고 떡볶이가 먹고 싶은 날,
편하게 부를 수 있는 친구가 있으면 좋겠어요.
부를 때는 별다른 말 없이 '떡볶이'라고 문자를 보낼 거예요.
암호처럼 음식 이름을 보면 우리는 제일 편한 옷을 입고
우리 둘의 집 가운데 작은 떡볶이 집에서 만나요.
메뉴 두 개를 나눠 먹어도 좋고,
더 먹고 싶으면 넉넉하게 주문해도 좋아요.

빗소리를 들으면서
나중에는 기억나지 않을 소소한 이야기를 잔뜩 할 겁니다.

나에게 주는 힐링 타임

좋은 사람과 팝콘을 먹으며
감동적인 영화를 한편 본다는 건,
좋은 곳을 여행한 것만큼이나
힐링이 되는 일이에요.

바쁜 일상을 지내다 보면
영화를 보았던 장소나,
영화의 내용은 잊게 되겠지만
고소한 팝콘 냄새에 문득 그날의 설렘과 분위기,
그리고 떠오르는 사람이 있다면
우리는 더 이상 쓸쓸하지 않을 거예요.

그런 사람, 곁에 있나요?

눈 싸 움 은 즐 거 워

어릴 때를 생각해보면, 작은 일에도 웃을 일이 많았던 것 같습니다. 자고 일어나서 창문 밖 소복히 쌓인 눈들을 보는 건 정말 멋진 일이었어요. 부모님이 깨우기 전에 설레는 마음으로 밖으로 나가서 친구들과 하얀 눈밭을 몇 번이나 뒹굴었습니다. 서로 던진 눈을 맞으면서도 신이 나서 뛰어 돌아다녔어요.

가끔씩 웃는 법을 잊어버린 것처럼 외로운 마음으로 지내고 있다면 옛날 추억을 하나씩 꺼내주세요. 다시는 돌아갈 수 없을 소중한 시간들을 마음껏 그리워해봐요.

고마운 케이크

"요요, 일기에 쓰고 싶은 이야기가 많구나?"
"응, 오늘이 행복해서 많이 적어두려고."

따뜻한 카페, 달콤한 케이크, 잔잔한 노래에
마지막으로 좋아하는 당신이 있어준다면
행복은 충만하게 마음속에 차올라요.

시간이 지나도 이 마음을 기억할 수 있도록
기쁜 하루는 꼭꼭 일기에 담아두세요.

아무것도 아니야

혼자 감당해야 하는 불행이 있다면, 너무 외로울 것 같아요. 누구에게도 마음을 털어놓지 못하고 혼자만 아파한다면 한 마디의 위로도 들을 수 없을 테니까요.

가끔은 아무렇지 않은 게 아니라고 말해보세요. 밤새 울었던 이야기를 편안하게 들려줘도 괜찮아요. 당신을 사랑하는 사람이라면 분명히 당신을 더 아껴줄 거예요.

마음이 불안할 땐

사실 쿠쿠는 청소를 좋아하는 편은 아닙니다.
지금 하고 있는 물걸레질도
자발적으로 한 일은 아니었어요.
마음속 어딘가에서 청소라도 하지 않으면
깊게 담아두었던 생각이 흘러넘쳐서
자신을 가라앉게 할 것 같았어요.

그래서 조금씩 새는 눈물을 닦는 것처럼
자신의 발걸음을 따라오는
축축한 물걸레가 마음에 들었습니다.

우리는 다르죠,
그래서 좋아요

모두가 다 같은 크기일 수는 없죠.
작으면 작은 대로, 느리면 느린 대로
각자의 삶을 살아가요.
그리고 모습이 다른 이들이 모여도
누구도 상처받지 않도록 서로 노력해요.

우리는 모두 달라요, 그래서 더 좋아요.

가방 조금만 조심해줄래요?

잘하고 있으니까
의심하지 않아도 괜찮아

잘하고 있어

친구를 만나는 것은 즐겁지만, 요요는 항상 친구에게 좋은 모습만 보여줘야 한다는 부담감이 있었어요. 그래서 다음 약속으로 만나기까지 오래 걸렸지만, 친구들은 여전히 밝게 웃어주었어요. 소소하게 준비한 선물을 서로 나눠가지면서 행복한 시간을 보낼 수 있었습니다.

"요요 널 위한 선물이야. 널 생각하면 떠오르는 책이랑 네 소중한 하루를 기록할 수 있는 일기장이야. 너의 모든 마음을 편하게 적어도 괜찮아."
"매일매일이 소중하지는 않은 걸."
"요요, 소중하지 않은 하루는 없어. 네가 소중하니까 널 둘러싼 것들 모두 소중한거야."

혼자 고민하던 시간을 지나 친구들을 만나서 긍정 에너지를 받는 건 어떨까요? 더 나은 모습을 보여주려는 강박 때문에 자신을 외롭게 하지 말아요.

이제 깊은 이야기를 해보자

슬픔은 알아볼 수 있는 걸까

슬픔을 위로하는 좋은 자세는 무엇일까요.
예쁜 컵에 담긴 홍차보다 중요한 게 있어요.
부드러운 테이블보와 어스름한 조명을 사이에 두고도
상대방을 있는 그대로 봐주는 거예요.

때로는 고개를 끄덕여주며 당신이 겪는 슬픔을 미처
알아주지 못해 미안하고, 말해줘서 고맙다고 대답해
주면 더 좋아요.

우울함이 깊어지면 달달한 파르페를 주문해요.
그리고 괜찮아질 거라는 말 한마디면 충분해요.

마음을 내려놓을 수만 있다면

요요는 늦은 산책을 하다가
앵무새를 만났습니다.
아무 말이 없었지만 고단한 표정이었어요.

세상에는 힘들다고 말하지 못하는
사람들이 얼마나 많을까요?

주어진 일에 최선을 다하느라
자신을 돌보는 것에는 서툴러져버린 사람들이
오늘도 어딘가에서 묵묵히 걷고 있을 거예요.

지친 걸음을 멈추고 자신을 돌아보는 일이
너무 어려운 이들을 위해
길마다 작은 벤치가 있다면 좋겠어요.

 병원에 갔어요

"귀에서 소리가 들려요.
허리도 아프고, 머리도 아파요."

"부담을 좀 내려놓아도 괜찮아요.
노래도 듣고 여행도 다녀보세요."

잠깐 힘들 줄 알았는데, 버티지 못하는 일들이 연달아 일어났을 때 몸이 주는 신호를 귀담아 들어주세요. 보통의 날과 다르게 몸이 조금이라도 무겁다면 따뜻한 차 한 잔을, 인상을 쓰게 될 만큼 아픈 두통이 찾아온다면 눈을 감고 휴식을 취해 주세요.

우리는 즐겁게 살기 위해 열심히 일을 하는데 왜 스트레스에는 이렇게나 무심할까요. 건강하게 즐겁기 위해서 아프면 미루지 말고 병원에 가보는 게 좋겠어요.

당신이랑 오래오래 함께하고 싶어요.

그만행 열차

요요는 불안함을 버릴 수 없었습니다.
매일 그만두는 상상을 하면서도
그렇지 않은 척 약한 소리를 하는 자기를 다그쳤어요.
하지만 집으로 돌아오는 지하철에서는
어김없이 멀리 떠나는 상상을 했습니다.

내일이 오기 전에 어디론가 도망가서 숨고 싶은데,
원치 않는 일들에 묶여 망설이고 있지는 않나요?
한계에 부딪혔을 때 내가 할 수 있는 일은
잠깐 멈춰가는 것뿐입니다.
만약 지하철에서 매일 울고 있는 당신을 발견한다면
당장 벗어나세요.

우리 천천히 걸으면서
좋아하는 일을 찾아 떠나요.

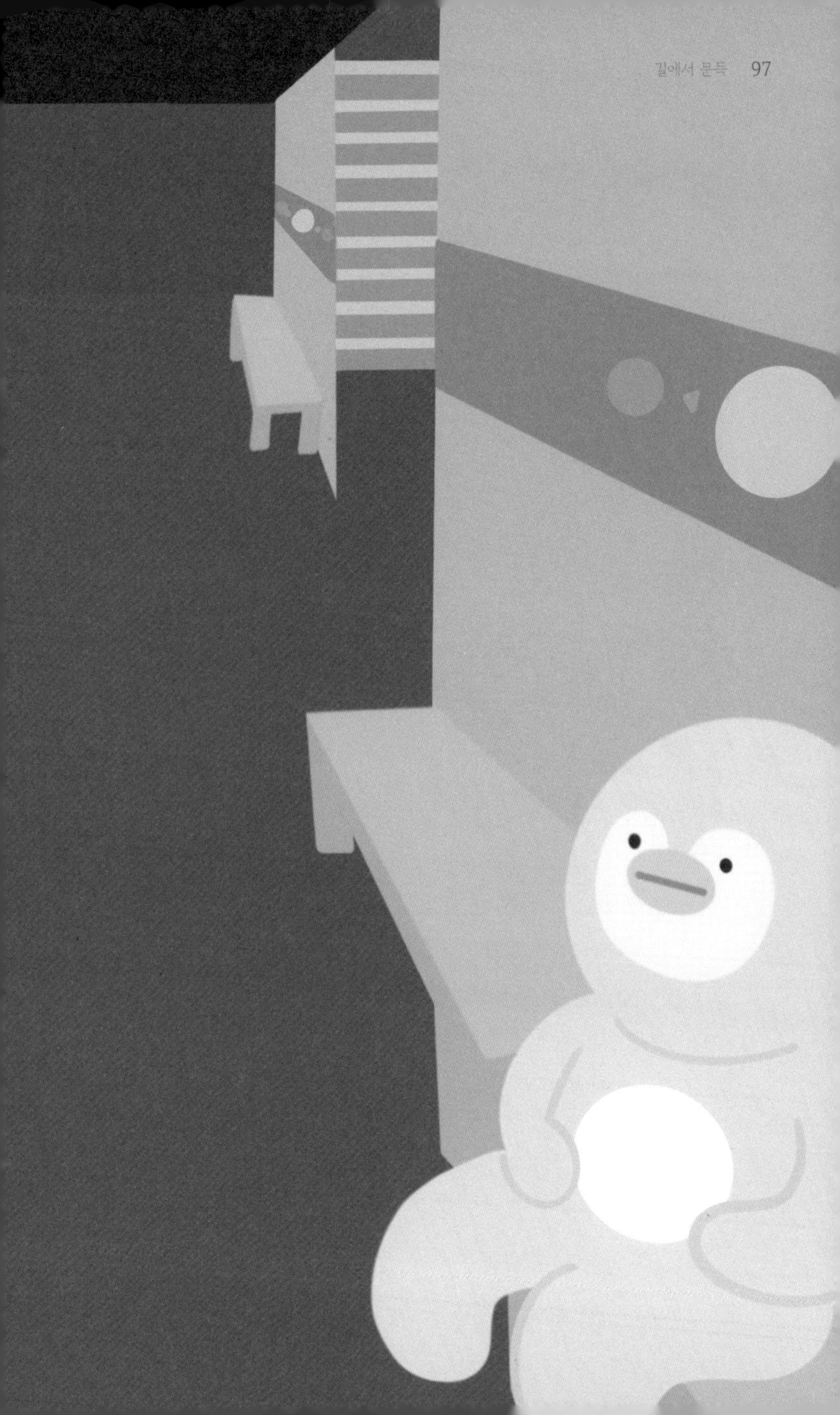

요요, 난 네가 잘할 줄 알았어.

세상에서 제일 무거운 마음

시간을 되돌릴 수 있다면,
나에게 과한 기대를 거는 사람에게
마음을 거절한다고 이야기할 겁니다.

아무리 사랑과 믿음이 가득한 얼굴로
나를 응원한다고 하더라도,
그 고마운 마음이 나를 망가지게 할 수 없습니다.
나를 믿어주는 이를 실망시킬지도 모른다는
두려움에 떨고 싶지 않으니까요.

지금 부족한 내 모습을 있는 그대로
사랑해주면 안 될까요?

샌드위치와 편지

쿠쿠가 준 편지를 읽고 요요는
그동안 외로웠던 마음을 위로받는 것 같아
눈물이 났어요.

말로는 다 전할 수 없는 마음을 글로 적다보면
진심이 담긴 편지가 됩니다.
편지는 흐릿한 안개 같던 위로를
또렷하게 만들어줄 거예요.

지금 편안한 마음으로 앉아
쓰고 싶은 사람에게 편지를 써 보세요.
부족한 글 솜씨라도 좋아요.

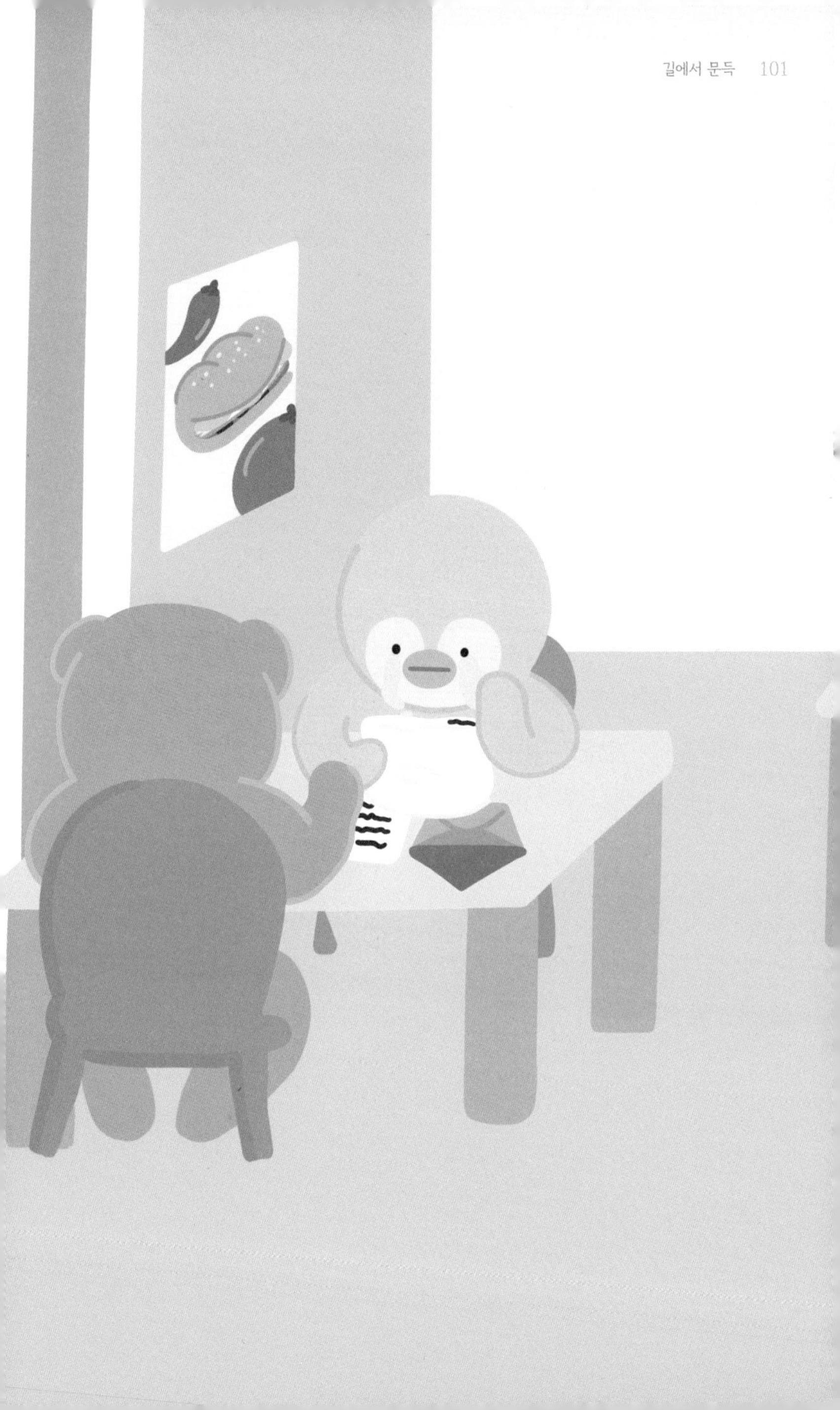

세 번째 이야기

그곳이 좋아

행복행 기차

우리는 얼마나 멀리 떠나야만
행복한 여행을 하는 걸까요?

요요와 쿠쿠는
일상으로부터 멀리 떨어지는 것보다,
좋아하는 일에 집중할 수 있는 것이
여행이라고 생각했어요.

그래서 이른 아침
요요와 쿠쿠는 기차역에서 만났습니다.
요요는 노트와 펜을,
쿠쿠는 카메라를 챙겼습니다.

늘 어딘가 부족하게 느껴졌던
일상에서 벗어나 새로운 곳에서
반짝반짝 빛나는
당신이 보고 싶어요.

어느 옛 마을

요요와 쿠쿠는 어느 옛 마을에 도착해 골목을 따라 걷다가 사진관을 발견했어요. 할아버지 두 분이 필름 카메라로 사진을 찍고 있었습니다. 망설이던 요요는 사진관 곳곳에 붙은 많은 흑백사진을 보고 사진을 찍기로 결심했습니다.

"어떤 선택을 하든 후회하지 말게. 이렇게 떠나 온 것도, 앞으로 마음을 먹은 것들도. 어차피 시간은 지나가거든. 그저 사진을 찍는 그 순간처럼 웃으면서, 즐겁게 지내게나."

요요와 쿠쿠는 흑백사진이 주는 의미를 곱씹어 보았습니다.

사막을 지나서

우리는 어쩌면 지도에 갇힌 삶을 살고 있는지도 모릅니다. 길을 헤매면 별다른 고민 없이 지도를 보고 빠른 길로만 가려고 하니까요. 그렇지만 목적지로 향하는 길을 간다고 해서 옳고, 일부러 반대의 길로 가본다고 해서 틀렸다고 할 수 없습니다.

잘 알지 못하는 길을 달리다가 마주친 뻥 뚫린 도로를 미워하지 마세요. 평소에는 할 수 없던 빠른 속도로 창문을 열고 달려보세요. 손이 시릴 정도로 운전대를 꽉 잡고 바람보다 먼저 앞서가 보세요. 그리고 거울에 비친 당신을 보세요. 활짝 웃고 신난 당신의 표정을 사랑해주세요.

다시 힘낼 수 있어

일상에 지쳐 기운이 없을 때마다 만나는 친구가 있나요?
기운이 없어 밥맛도 없을 때,
요요는 좋은 조언을 해주는 판다를 만나러 갔습니다.
요요의 고민을 들은 판다는 언제나 따뜻한 목소리로
잘하고 있다고 다독여주었어요.

"난 미래가 불안하지 않아.
누가 뭐라 해도 나는 내 하루에 충실하거든,
이 만두도 찜통에서 오래 버텼기 때문에 맛있는 거야."

요요는 만두를 먹으며 생각했어요.

그래, 우리는 모두 각자 주어진 삶을
잘 살아내기만 하면 되는 거야.
더 욕심낼 필요도 없이 가지고 있는 재료로
맛있는 만두를 만드는 것처럼,
충분히 알찬 하루를 살면 되는 거야.

날씨가 좋으면 자전거

낙엽과 민들레가 날리는 가벼운 바람을 맞으면서 자전거를 타다가 하늘을 올려다보면 우리가 얼마나 소중한 시간 속에 있는지 알게 될 거예요. 평범한 하루를 지내다가도, 당신이 눈부시게 아름다운 순간에 있다는 걸 잊지 마세요.

행복한 시간이 반복되다 보면 무뎌지고 말아요. 자전거 타는 것도 마찬가지입니다. 페달을 밟고 더 빨리 달리는 것에 집중하다 보면 내가 왜 달리고 있었는지를 잊게 될 수도 있어요. 그러면 미련 없이 자전거에서 내려와 벤치에 앉아 마음껏 쉬었다 가요.

이 순간을 위해 부지런히 달려온 게 아닐까, 싶을 정도로 즐거운 간식 시간을 가져보면 어떨까요? 좋은 날씨와 달콤한 아이스크림, 그리고 어김없이 행복한 당신이 있어서 참 좋습니다.

이 카페랑 이 TV, 엄청 오래된 것 같네.

아마 우리보다 나이가 많을 걸.

우리도 이렇게 오래 남아있을 수 있을까?

시간이 다 되면 떠나는 것도 나쁘지 않지.

오래된 카페

오래 머물면, 그 자리에 녹아들게 됩니다. 매일같이 들르는 카페를 처음 간 것도 언제부터였는지 기억이 잘 나지 않지만, 어느덧 우리도 이 작은 공간에 녹아들었어요.

사람도 그런 것 같아요. 언제 만났는지 상관없이 좋아하는 모습을 발견하고 계속 마음을 기울이다 보면 나에게 없어서는 안 될 소중한 사람이 됩니다.

나도 당신에게 오래된 카페의 가구처럼, 매일 함께 있는 사람이 되고 싶어요. 옆에 머물고 싶은 마음이 욕심이 된다면 떠나야겠지만, 그래도 나를 너무 쉽게 잊지 않았으면 좋겠습니다.

행복을 찾아서

문득 한 권의 책이 사람처럼 느껴진 적이 있습니다. 힘들 때 나를 위로해준 책, 즐거운 이야기로 웃음을 준 책들이 모두 친구 같아요.

책을 완성하기까지의 노력을 상상해봅니다. 어쩌면 모든 사람들의 빛나는 순간을 담은 것이 책인 것 같아요. 그래서 요요와 쿠쿠는 책을 좋아하게 되었습니다.

온전히 책의 제목을 소리 내어 읽어보는 것도 좋습니다. 누군가의 이름을 부르는 것처럼 소중하게 불러주세요. 책은 언제나 당신 곁에 있어줄 겁니다.

우리가 찾는 게 우주에 있던가요

우리는 작은 존재야

우리가 보는 것이 전부라고 느끼는 작은 존재

우주가 아무리 넓어도

우리가 행복하면 우주가 행복하지만,

우리가 슬프면 우주가 전부 슬픈 거야

그러니까 온 우주가 밝게 빛날 수 있게 웃어줘

꽃이 피는 마을

더 높이 빨간 꽃 노란 꽃이 피었습니다.
밤하늘에 터지는 불꽃들도 서로의 색은 다르지만
서로 함께여서 더 따뜻한 밤이겠지요.

이 아름다운 불꽃을 함께 볼 사람이 있다는 생각에 기쁜
마음이 들었습니다.
아니, 기쁘다기보단 따뜻하다는 생각이 들었습니다.

어쩌면 서로가 가진 색과 온도는 다르지만
같이 있다는 이유만으로 따뜻해진다는 건
어쩌면 당연한 일일지도 모르겠습니다.

불꽃이 터질 때마다 사람들의 즐거운 웃음소리까지
기억하기 위해서 잠시 눈을 감았어요.
우리가 힘에 겨워도 애써 버텨온 날들을
다시 떠올려봐요.
상처 입었던 일들도 많았지만 이젠 우리
그저 불꽃처럼 빛나겠다고 약속해요.
불꽃이 피고 지는 순간까지 아름다운 것처럼
우리의 모든 순간을 지우지 말고 사랑해주세요.
요요와 쿠쿠는 밤하늘을 올려다보며
함께 있어서 기쁘다고 생각했습니다.

바다를 즐기는 방법

눈에 담기 아쉬운 풍경이 있다면, 그 자리에 누워보면 어떨까요? 두 발로 서 있을 때는 볼 수 없었던 것들을 볼 수 있습니다. 바쁘게 지내느라 무심하게 지나쳤던 주변의 소리도 들어주세요.

바다에 간다면, 작은 꽃게가 쉼 없이 걸어 다니는 소리가 들릴 거예요. 바닷바람이 시원하면서도 따뜻하다는 것도 느껴보세요.

그리고 의미 없는 이야기를 계속 나누면 좋겠습니다. 끝날 듯 끝나지 않는 이야기를 아무렇게나 하면서 그만큼 말로 표현하기 어려운 아름다운 풍경 속에 우리가 있었다는 것을 기억해주세요.

낚시의 고수

세상을 살다 보면 무언가를 기다리는 시간이 많다는
것을 알게 됩니다. 짧게는 길에서 신호를 기다리기도
하고, 오랜시간 원하는 결과가 나오기를 기다리기도
합니다.

요요는 낚시를 하면서 기다림에 대해 생각해보았어요.

잘하지 못하는 일을 참고 하느라 지쳤던 일이 있었나
요? 슬퍼하지 말아요. 당신이 참고 견뎌온 시간만큼
당신은 기다림의 고수라는 뜻이니까요.

무슨 소원 빌었어?
비밀이야
말해 봐
우리 둘이 행복하게 해달라고 빌었어

소원 다리

간절히 원하는 소원은
눈을 감으면 머릿속에 그려집니다.

행복한 미래를 상상하면서
오늘 하루도 최선을 다하면 좋겠어요.
그럼 언젠가는 꼭 이루어질 거예요.

비 맞는 고양이 가족

어린 시절, 부모님이 언제나
나를 지켜줄 것이라는 철없는 마음을 가졌습니다.
언제나 추우면 옷을 벗어 우리를 입혀주고,
다리가 아프다고 하면 우리를 안아들고
먼 길도 척척 걸어갔으니까요.

요요와 쿠쿠는 비가 내리는 날,
길 건너 한 가족을 바라보다가
부모님도 비를 맞는 건 똑같다는 걸 보았어요.
쌀쌀한 날씨, 차가운 빗줄기에 다 젖은 엄마 아빠가
추위에 몸을 떨면서도 옷을 벗어주었습니다.

부모님이 우리에게 준 사랑만큼,
우리도 돌려드릴 수 있을까요?

각자 가진 빛나는 모습들

멀미가 심한 요요는 흔들리는 비행기에서 편하게 걸어다니는 스튜
어디스가 멋있다고 생각했습니다. 풀이 죽은 요요에게 쿠쿠가 말했
습니다.

"요요, 너도 오래 앉아서 작업하는 거 멋져. 둘 다 잘하고 있는 거야."

다른 사람의 빛나는 모습에 슬퍼하지 마세요. 우리 모두 각자 빛나는 모습을 가지고 있습니다. 밝게 빛나는 사람이 있다면 수고가 많았다고, 빛나는 모습을 기꺼이 나에게 보여주어서 고맙다고 인사를 해주면 좋겠어요.

오늘도 여행하는 마음으로

여행을 마치고 돌아가는 길,
여행이 준 것이 그저 짧은 추억이나
쉼의 의미는 아니었어요.
여행에서 만난 모든 것들을 통해
많은 것이 바뀌고 또 많은 것을 배우니까요.
그 중에 가장 크게 얻은 것은
일상 또한 소중한 여행이라는 생각이에요.

여행을 하다 보니 평범했던 일상으로 돌아가고 싶기도 하고,
나의 일상이 지루했던 것만은 아니구나 생각이 들어요.
그 안에도 특별함이 늘 있었구나 라고 요요는 생각합니다.

이제 다시 일상이라는 긴 여행을 시작할 시간입니다.
여행이 좋은 이유는 여행으로 인해
일상이라는 긴 여행이
조금 더 풍부해지기 때문 아닐까요.

같이 있어 줘서
고마워요

요요의 생일을 축하해주기 위해서 모두 모였습니다.
"요요, 생일을 진심으로 축하해. 넌 소중한 펭귄이야."

요요는 너무 기뻤습니다.
오늘은 주변 사람들로부터 받은 사랑에 감사하고
마음 깊이 기억할 수 있는 날이니까요.

어쩌면 특별한 선물과 파티를 기대하기보다는
나를 진심으로 축하해주는 이들이 있다는 사실이
정말 기쁜 게 아닐까요?

생일이 아니더라도 나의 하루를 축하해줄 수 있는,
곁에 있는 사람들에게 말해줘요.

고맙습니다.

요요가 하고 싶은 거 다 해

하고 싶은 일을 시작하기도 전에 못 할 이유만 세지는 않았나요? 내가 그 일을 진심으로 하고 싶은 이유를 세어보세요.

그리고 지금 시작하세요. 하고 싶은 거 다 해보는 거예요. 노래를 부르고 싶으면 노래를 부르고, 사진을 찍고 싶으면 사진을 찍어요.

망설이지 말고 시작하세요. 좋아하는 일을 즐겁게 하는 당신을 세상은 가만두지 않을 겁니다. 상상도 하지 못했던 기회가 당신을 찾아와 문을 두드릴 거예요.

쿠쿠, 나 드디어 그림 올렸어!
드디어 요요 화가 작품 시작이야?
너한테 제일 먼저 보여줄게
...꾸준히 올리면 점점 괜찮을 거야!

화분도 웃을 수 있어요

고양이 할아버지가 옥상에서 정성스레 키우던 화분을 전시했어요.

요요는 오랜만에 붓을 꺼내 페인트를 칠했습니다.

두 눈을 찍고 입을 슥슥 그리니 화분이 웃는 표정이 되었어요.

"요요 덕분에 행복한 슈퍼가 됐네."

할머니의 칭찬 덕분에 요요는 덩달아 행복해졌습니다.

때로는 내가 가진 재능을 다른 사람과 나눠보는 건 어떨까요?

나에게는 쉽고 간단한 일이더라도

누군가에겐 큰 도움이 될 겁니다.

왜요, 행복은 나눌수록 커진다고 하잖아요.

우리가 가진 미소와 따뜻한 마음을 나눠주세요.

행복한 꿈을 꿨어요

자기 전에 하루를 돌아보며 고마운 것들을 떠올려
보았어요. 현관까지 배웅해준 엄마, 오늘도 내편
이 되어준 쿠쿠, 같이 밥 먹으며 웃고 떠들어준 토
끼와 다람쥐, 재미있는 영화를 꼭 알려주는 나무
늘보까지. 내 주위에 나를 즐겁게 해주는 소중한
사람들이 참 많습니다.

그러다 보니 문득 생각이 들어요. 고마운 일들이
이렇게 많다는 것은 내가 버틸 수 있게 지켜주는
사람들이 많다는 뜻이라는 것을요.

그날 밤 요요는 향기로운 구름 꽃밭에 있는 꿈을 꿨습니다. 고마운 것들을 생각하며 잠을 자다 보니 아주 행복한 꿈을 꾸게 되었나 봐요.

꿈속에선 고마운 사람들에게 선물해줄 꽃을 한 아름 꺾었어요. 고마운 사람을 생각한다는 것은 이렇게나 행복하고 설레는 일인가 봐요.

점점 좋아질 거야

행복에 대한 나만의 기준을 정하면 좋겠어요. 남들에게 흔들리지 않고, 분명히 행복할 수 있는 간단한 조건일수록 좋아요.

예를 들어 아무도 걷지 않은 눈길을 밟는 것, 새 책을 사는 것처럼 소소하지만 기분 좋은 일들이요.

그리고 내가 좋아하는 것들을 하나둘 늘려가다 보면 일상 속 많은 순간들이 내가 좋아하는 것들로 채워질 거예요.

네 번째 이야기

누구나 인생은

오늘도 수고했어

하루가 저물고 사진관의 할아버지도 집에 갈 준비를
합니다. 긴 시간동안 자리를 지켜온 사진관이 불을 끄
면 옛 마을 골목은 마치 잠에 드는 것 같아요.

 여행을 떠나 온 사람들을 만나다 보면, 상기된 얼굴
로 세상에서 제일 행복한 웃음 짓고 사진을 남깁니다.
할아버지들 역시 그 일을 보람으로 하나도 힘이 들지
않습니다.

 골목과 사진관 곳곳을 채운 추억 역시 시간을 견디며
그 자리에서 새로운 사람들을 맞이했습니다. 아주 오
래전부터 그 자리에서 있던 시간이 차곡차곡 쌓여서
오늘의 모습으로 된 것이에요.

어떤 일이든 과거가 됩니다. 영원히 머물고 있을 것 같
은 젊은 모습도 변해서 나이 든 내 모습을 마주할 날
도 올 겁니다. 하루하루 조급해하기보다, 그때의 행복
한 나를 만나기 위해서 하나둘 쌓아가고 있다고 생각
하면 어떨까요?

언젠가, 크리스마스

우리가 간절히 바라는 소원을
누군가는 듣고 있을까요?
요요는 소원을 들어주는
산타클로스가 있다고 믿습니다.
하루에도 열 번이고 빌고 싶은 소원이 많지만,
일년의 딱 한 번만큼은 원하던 소원이
이루어지는 마법 같은 날들이 있잖아요.

그날을 '크리스마스'라고 부른다면,
누군가에게는 눈이 내리는 겨울일 수도 있고,
또 누군가에게는 꽃들이 내리는 눈송이처럼
만연한 봄일 수도 있어요.

분명한 건 당신의 소원은 꼭 이루어질 거예요.
그러니 언제가 되었건 원하는 일을
잊지 말고 기다려보세요.
그 소원, 이번 겨울에 반드시 이루어질 거예요.

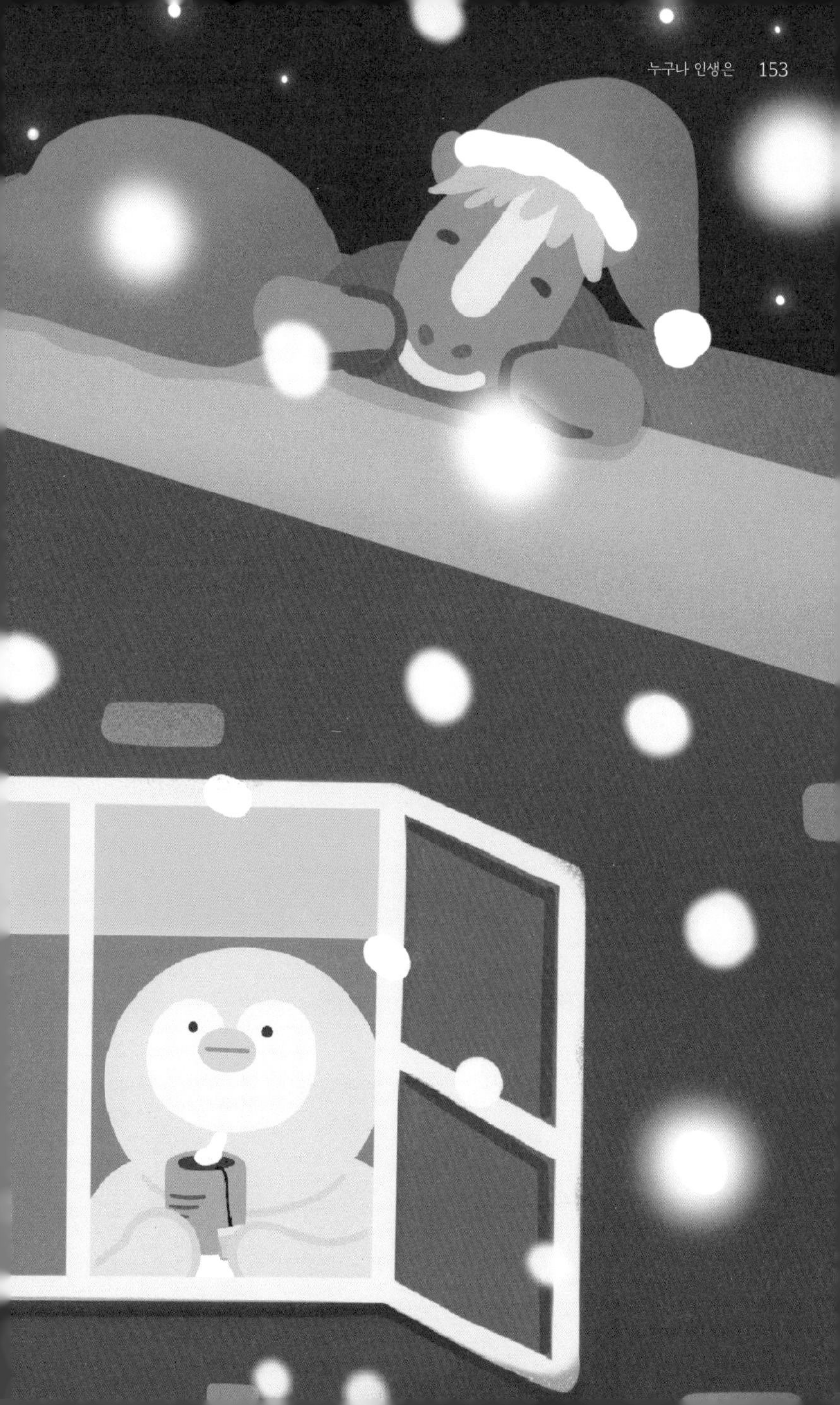

좋아해서 만나러 왔어요

기린은 매달 꾸준히 들었던 적금으로 계절마다 여행을 떠났습니다. 일하면서 틈틈히 보는 디저트 맛집 영상을 직접 찾아가고 싶어서 시작했습니다. 어느덧, 기린도 멀리 떠나 온 이 곳에서 쿠쿠의 빵집을 찾아오게 되었습니다.

그저 먼 미래를 준비하기 위해서 하루를 사는 것보다, 내가 좋아하는 장소를 하나하나 찾아가는 삶은 어떨까요? 삶의 작은 부분, 부분을 조금씩 투자해서 진짜 내가 원하는 일을 시작해보세요. 처음에는 방향을 잡지 못하고 돌아가고 있지는 않을까, 두려운 마음이 들수도 있습니다.

하지만 좋아하는 장소를 계속해서 찾아가고, 그 곳에서 사진을 찍고, 느낀 감정을 기록하다 보면 우리의 하루는 분명 더 행복해 질 겁니다.

늘 그렇듯이 이겨낼 거예요

일을 쉬는 날, 토끼는 망설이다가
처음으로 병원에 왔어요.
주변 친구들은 오래전부터 병원에 가보라고 했지만
이 일을 그만둬야 할지도 모른다는 겁이 나서
병원에 가지 않았어요.

"잘 오셨어요. 내 몸을 먼저 돌봐줘야 좋아하는 일을
더 오래 할 수 있어요."

오래 이 일을 하고 싶어요.
아픈 것보다 보람이 더 크니까요.

그렇지만 내 몸 돌보는 것도 소홀히 하지 않기로 해요.
즐겁고 보람된 일을 해내는 건 바로 나 자신이니까요.

자연스러운 만남을 추구해 봐

요요 방에 새로운 물고기 친구가 생겼어요.
작은 친구의 집은 작은 어항이고, 물 밖으로는 나올
수도 없지만 요요는 누군가 집에서 나를 기다려준다
는 것만으로도 큰 힘이 되었습니다.

물고기는 하루종일 요요가 없는 빈집을 지키고, 요요
가 오면 서로의 행동을 신기한 듯 바라보면서 남은 하
루를 소소한 기쁨으로 보냈습니다.
친구가 되자고 약속하지 않았는데 둘은 그렇게 서로
에게 소중한 존재가 되었어요.

관계에 큰 힘을 쏟지 않고 살다가도, 마음을 내려놓고
여유를 가지면 좋은 사람을 만나게 됩니다.
스쳐지나가는 인연을 붙잡아 예쁘게 매듭을 지었다면,
그다음도 중요해요.
지금 내 옆에 있는 당신의 자리가 오랫동안 당신을 위
해 비워두었다는 것처럼, 주위를 부지런히 가꿔주고
사랑해주세요.
그렇게 자연스럽게 소중한 사이가 되면 힘들 때는 나
한테 들려서 쉬어가요,라고 말해주면 어떨까요?

하루를 완벽하게 끝내는 법

힘들었던 하루를 즐겁게 마무리하는
나만의 방법이 있나요?
늘보는 좋아하는 빵을 먹으며 하루를 마무리합니다.
그날그날 기분에 따라 먹고 싶은 빵을 골라보며
여유로운 저녁을 보내는 게 습관이 되었어요.

하루 종일 즐거울 수는 없겠지만
사소한 순간이더라도 좋아하는 순간을
발견하면 좋겠습니다.
작은 일 하나로 수많은 하루들을
기쁘게 마칠 수 있을 거예요.

서로서로 배려배려

달팽이는 이 레스토랑이 마음에 들었습니다.
느리게 먹어도 아무도 신경 쓰지 않고,
양도 먹을 수 있는 만큼 조금만 주문해도 되거든요.
배려 넘치는 이곳은 언제든 편하게
식사를 할 수 있습니다.
신호등 앞에서 서 있을 때 장바구니를 조심해준
어느 펭귄의 배려도 떠오릅니다.
이러한 마음들이 달팽이의 오늘 하루를
또 행복하게 해줍니다.

도움을 준 수많은 이들에게
감사하는 마음으로 또 하루를 살아갑니다.

달팽이는 나도 누군가를 항상
배려하는 마음을 가져야겠다고 생각했어요.

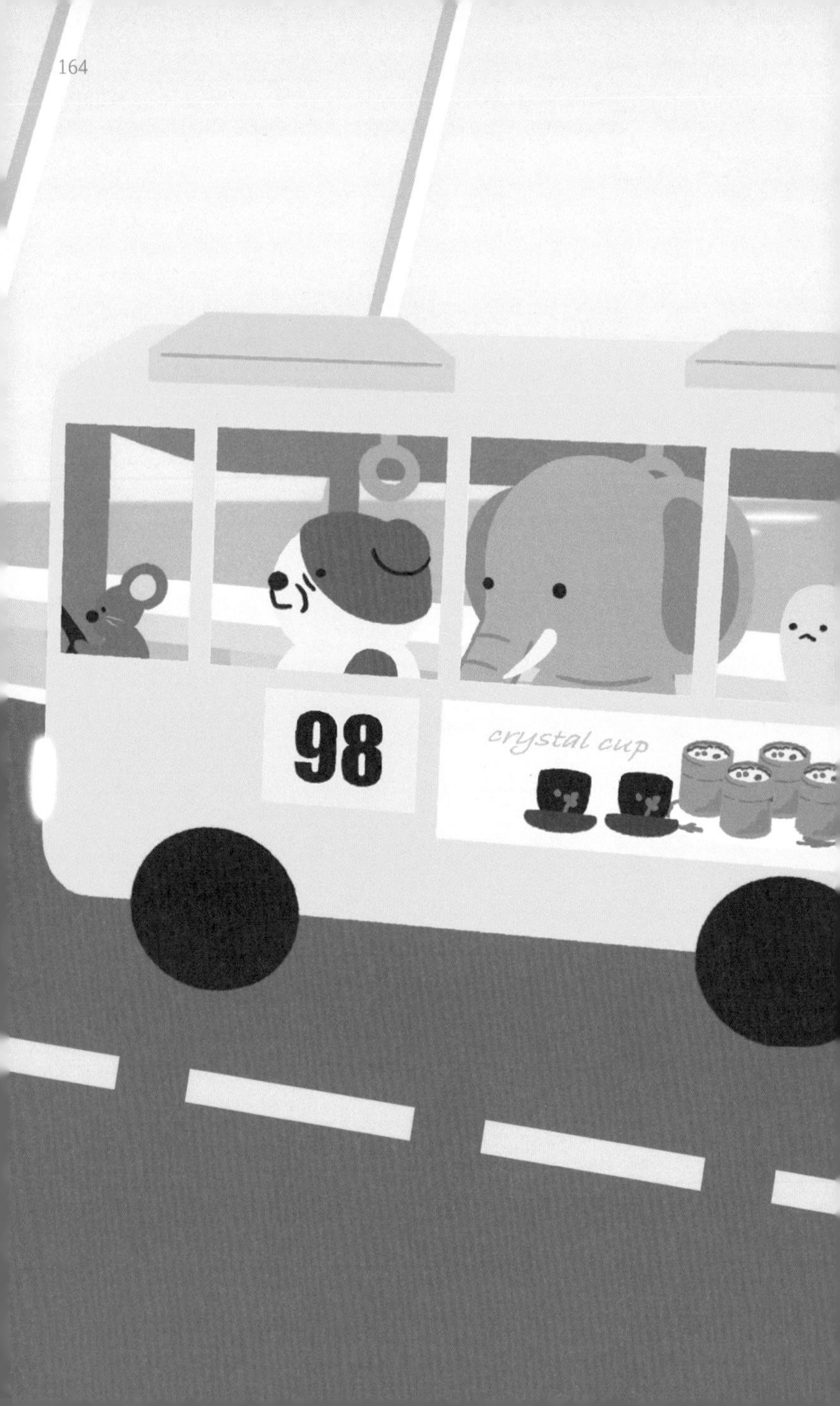
98
crystal cup

최고의 가성비 여행

한가로운 오후, 주말에도 바쁜 가족들을 뒤로하고
할아버지들은 나홀로 여행을 해봅니다.
약속하지 않았지만 매일 같은 정류장에서 만난
연세가 비슷한 할아버지들은 어느덧 친구가 되었어요.

여행이 뭐 별건가요.
무작정 제일 먼저 오는 시내 버스를 타고
자주 가지 않는 정류장까지 가보는 거예요.
이름난 관광지가 아니어도,
우리 사는 주변을 즐거운 마음으로 돌아볼 수 있다면
멋진 여행이 됩니다.

도넛 모양 운전대

버스기사인 쥐는 가끔 도넛을 사들고 퇴근합니다.
운전을 하루 종일 해도 피곤하지 않은 이유는
동그란 도넛을 좋아하는 아기 쥐들 때문입니다.

동그란 운전대를 잡고 매일 같은 길을 운전하지만
하나도 지루하지 않습니다.
길마다 아이들이 보이면 집에 있을 아이들 생각에
언제나 즐거우니까요.

힘들어도 소중한 사람들을 위해서
묵묵히 일하는 아빠의 모습이 떠오릅니다.

단풍 여행을 떠나요

단풍이 들었습니다.
언젠가 이 차창 밖으로 요요와 쿠쿠는
푸르른 나무를 보았습니다.
이번 가을에는 다람이가 기차에 올라
단풍여행을 가요.
햇빛이 비추는 정도에 따라
반짝이는 단풍을 바라볼수록
일상에 지쳤던 일들은 하나둘 잊혀집니다.

지나치는 기차, 사람들은 스쳐 지나가지만
나무는 언제나 그 자리에 있을 것입니다.
겨울이 되어 가지만 앙상할 때에도
나무는 이 자리에 서서 떠나가는 우리에게
손을 흔들어 줄 겁니다.

다람이는 나무가 주는 따뜻함을 기록하기 위해서
빨갛고 노랗게 물든 풍경을 즐겁게 찍었어요.

펭귄은 밥심이야

할머니는 요요가 없는 집에 들러
밥을 짓고 반찬을 만들어 둡니다.
보글보글 된장찌개도 끓입니다.

잘 챙겨 먹어야 힘이 나니까.
요요야 힘내라, 건강해라.
바빠도 밥은 꼭 챙겨 먹어.
펭귄은 밥심이니까.

하루의 시작은 확실히

아침의 공원은 싱그럽습니다.
새벽에 따뜻한 침대의 유혹을 물리치고
무거운 몸을 일으키기 어렵겠지만
한 번쯤은 이슬 맺힌 잔디밭에서
하루를 상쾌하게 시작해보는 건 어떨까요?
아침에 부지런히 운동을 하면
점심을 더욱 맛있게 먹을 수 있거든요.

웅이와 요요 아빠도 운동친구가 되어
상쾌한 아침 시작하고 있네요.

매일 아침 힘차게 팔을 흔들며 한 걸음 내딛다 보면
활기찬 하루를 보낼 수 있을 거예요.

안녕! 사탕 주세요

앨범에서 요요와 쿠쿠가 어릴 적
할로윈 파티 분장을 했던 사진을 발견했습니다.
어릴 때는 동네 친구네 집에 찾아가며
문을 두드렸던 기억이 나요.

특별한 일 없이 찾아가도 반갑게 맞아주는
친구와 이웃사람들이 하나둘 떠나고
오늘 우리가 사는 곳은 내 집 한 곳이 외딴 섬처럼
떠있는 기분이 들 때도 있습니다.

핸드폰 안에는 많은 친구들이 있는데
내 주변에 사는 사람과는 서먹합니다.
어린 시절 주고받았던 작은 사탕만큼
가벼운 인사를 먼저 해보는 건 어떨까요?
날씨 이야기도 좋고,
집 앞 맛집에 대해 말하는 것도 좋아요.
집을 나서면 마주치는 우리가 조금 더 친해진다면
집에 오는 길, 집 멀리서부터 따뜻할 것 같아요.

나만 생각하고 행복하자

반드시 기억해야 하는 한 가지
내 감정이 중요해요
내가 즐겁게 하루를 보내야
나의 우주도 웃을 수 있습니다
사람에 지치고,
시간에 쫓기더라도
절대 잊지 말아요

그 애 소원을 들어주세요

때로 우리는 자신보다 더 소중한 존재를 위해서 소원을 빌곤 합니다. 그 사람이 바라는 대로 이루어지도록 간절한 마음을 가집니다. 왜냐하면 나의 행복이 그 사람으로부터 비롯되는 걸 알기 때문이죠.
그 사람이 진심으로 잘 되기를 바라고 사랑하니까, 부담스럽지 않도록 마음으로 빌어요.

엄마의 마음이 그렇습니다. 아이가 자라는 동안 엄마의 소원은 변하지 않아요. 그저 아이가 바라는 대로 이루고 싶은 뜻을 이룰 수 있도록 비는 것 하나 입니다. 그러면 또 엄마의 소원은 엄마의 엄마가 빌어줍니다. 우리 아이가 행복하게 해주세요. 그럼 저는 당연히 행복하니까, 나쁜 마음만 먹지 않고 밝은 길에서 세상을 살게 해주세요.

우리를 위해 소원을 빌어주는 사람을 위해, 우리가 얼마나 소중한 사람인지 다시 한번 생각해보고 행복한 꿈만 꾸면 좋겠습니다.

설렘행 열차

'지하철' 떠올리면 우리는 모두 각자의 기억을 떠올릴 겁니다. 누군가에게는 지친 하루를 마치고 집으로 가는 고단함, 친구와 만나러 가기 위해 잠깐 타는 것이거나, 또 누군가에게는 지하철은 사람이 너무 많아 불편한 교통수단이라고 생각할 수 있습니다.

양양이에게 지하철은 익숙한 동네를 떠나 새로운 지역도 가볼 수 있는 즐거운 공간입니다. 그래서 지하철 노선도가 작은 여행 지도처럼 느껴졌어요.

가끔은 각자 다른 생각을 가진 사람을 모두 태우고 정거장마다 멈추었다 가는 지하철이 대견하다는 생각이 듭니다.

카드를 찍고, 평소처럼 별다른 생각 없이 지하철을 타기 전에 나만의 목적지로 이름을 바꿔보는 건 어떨까요?

이 열차의 목적지는 설렘입니다.
언제나 당신이 조금이라도 행복하길 바라며 지하철은 오늘도 부지런히 달리고 있습니다.

현지인 입맛

여행을 간다면 유명한 관광지를 직접 가보고,
일상적인 공간에서 새로운 기분을 느껴보세요.
도착지를 정해놓고 바쁘게만 걸어다니던 길을,
걸음을 늦추고 나와 다른 나라에 사는 이들의 일
상적인 모습을 관찰할수록 그 풍경에 녹아들 거예요.

그리고 특색 있는 다양한 음식을 접하려고
노력해보면 어떨까요?
현지 음식에 대한 새로운 경험은
즐거운 추억을 포장해줍니다.
그래서 판다는 여행을 마치고 공항으로 가기 전,
편의점에 들러 친구들에게 나눠줄 과자를 잔뜩 샀습니다.

돌아가서도 우연히 비슷한 요리를 먹게 될 때,
여행하는 기분이 다시 떠오를 테니까요.
한적한 길가를 걸으며 유리창 너머
그 나라의 분위기를 가진 예쁜 상점을 둘러보던 기억은
우리를 한결 더 여유롭게 만들어 줄 거예요.

케이크 한 조각

주말에는 좋아하는 사람과 카페를 가고 싶어요.
예쁜 공간에서 맛있는 디저트를 먹으며
즐거운 이야기도 나눌 수 있어요.

혼자만 알기 아쉬운 카페는 사진을 찍어서
친구들에게 알려주는 건 어떨까요?
카페의 아늑한 분위기는 평일 동안 쌓인 피로를
풀어주고 행복한 마음을 심어줘요.

일상생활 속에서 새로운 카페를 찾아가 보는 건
좋은 취미가 될 수 있을 거예요.
맛있는 메뉴와 위치를 소개하며 이 행복을 많이
공유하면 더 좋습니다.
케이크를 한 조각씩 나눠 먹는 것처럼,
오늘 내가 가진 소소한 행복은 누군가에게
또 달콤한 행복 한 조각이 될 겁니다.

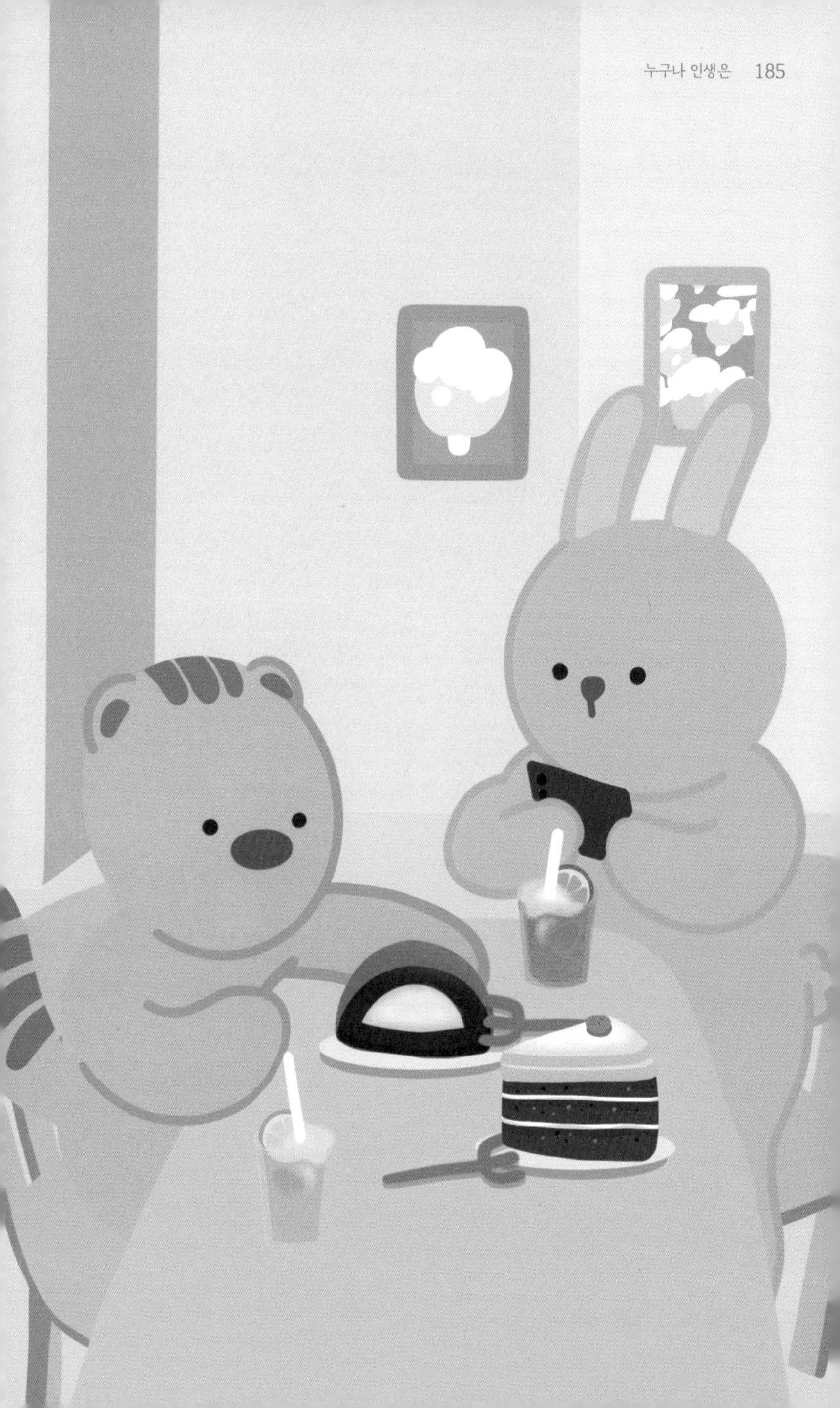

소년의 마음이 된다

고양이 할아버지가 첫 나무를 키우게 된 후로부터
오랜 세월이 흘렀습니다.
하지만 시간이 지나도 여전히 좋아하는 나무를 보면
아직도 설레는 마음으로 구석구석 살펴보았어요.

나이를 먹는다는 것이 주는 선물은 좋아하는 일을
내 공간에 온전히 채워넣을 수 있는 여유를
가지게 되는 것입니다.
할아버지는 마음에 든 식물은 작더라도 옥상에 심어
열매를 맺게 하고 꽃을 피우게 했습니다.
처음에는 작게 시작한 화분 몇 개가 큰 정원이 되었고,
할아버지가 하루 중 거의 모든 시간을 보내는 즐거운
공간이 되었습니다.

좋아하는 일에 나이는 핑계가 되지 않아요.
내가 정말 하고 싶은 일이라면, 나이에 상관없이
두근거리는 마음으로 곁에 둘 테니까요.
할아버지는 나무 앞에서 시간을 자유롭게
돌아다닐 수 있었어요.

오늘부터 행복했으면 좋겠어

요요는 살면서 이렇게 아름다운 일몰을
본 적이 없었어요. 쿠쿠도 많은 책을 읽었지만
일몰이 주는 감동을 모두 담은 글을 읽지 못했어요.

직접 해보기 전에는 알지 못하는 것들이 있다면
분명히 말로는 설명하기 어렵기 때문일 거예요.
두려운 마음으로 미루던 일들을 하나둘 실천하고,
만나 보면서 조금씩 커가는 우리가 보이지 않나요?

앞으로도 많은 고난과 기쁨이 기다리고 있어요.
그래도 바다가 보여주는 두 가지 모습,
일출과 일몰이 있다고 생각해주세요.
인생이라는 풍경에서 만날 수 있는 매력을
마음껏 즐기면 좋겠습니다.

마치며

하루 무사히 살기가 왜 이렇게 고단한지 모르겠습니다.
지치는 하루가 끝나고 집에 들어오면,
긴장이 다 풀리고 이불에서 나오기가 싫습니다.

펭귄 요요는 선이 없이 색으로만 그려졌습니다.
따뜻한 집 옷, 편안한 이불 안에서 아무 걱정 없이
살고 싶은 마음에 그리기 시작했습니다.

물론 요요도 나름의 고민이 있고,
아픈 일을 만나게 되겠지요.
그래도 요요는 울지도 않고
돼지 쿠쿠, 다람쥐, 토끼, 고양이를 만나며 담담하게,
익숙한 어느 곳에서건 불평 없이
담담하게 잘 지낼 겁니다.

책을 덮으며 읽어주신 분들도
요요를 기억하고 웃어주시면 좋겠습니다.

저를 믿고 응원해주는 가족들과,
든든한 조력자 쿠쿠를 닮은 친구도 고맙습니다.
마지막으로 첫 책을 출간하는 기회를 주신 출판사분들과,
책을 더 사랑스럽게 만들어주신 에디터님께 감사드립니다.

앞으로도 즐겁게 작업해서
좋은 작품으로 다시 만나는 날까지, 건강하세요!

오늘부터 행복했으면 좋겠어

1판 1쇄 발행 | 2019년 11월 18일
1판 2쇄 발행 | 2020년 01월 09일

지은이 이민영
편　집 정영주

발행인 정영욱 | **기　획** 정영주 | **교　정** 정소연
도서기획제작팀 김 철 여태현 김태은 정영주 정소연
디자인마케팅팀 유채원 김은지 백경희 | **영업팀** 정희목

펴낸곳 (주)부크럼
주　소 서울특별시 구로구 구로동 237 지하이시티 1813호
전　화 070-5138-9971~3 (도서기획제작팀)
이메일 editor@bookrum.co.kr
인스타그램 @bookrum.official
블로그 blog.naver.com/s2mfairy
포스트 post.naver.com/s2mfairy

제작처 (주)예인미술

ⓒ 이민영, 2019
ISBN 979-11-6214-299-8